KB028832

아바타라 안심이다

아바타라 안심이다

1판 1쇄 발행 2022년 1월 3일

지 은 이 월호
펴 낸 이 신혜경
펴 낸 곳 마음의숲

대　　표 권대웅
편집주간 박현종
편　　집 채수회
디 자 인 임정현 박기연
마 케 팅 노근수

출판등록 2006년 8월 1일(제2006-000159호)
주　　소 서울시 마포구 와우산로30길 36 마음의숲빌딩(창전동 6-32)
전　　화 (02) 322-3164~5 팩스 (02) 322-3166
이 메 일 maumsup@naver.com
인스타그램 @maumsup
용지 (주)타라유통 인쇄·제본 (주)상지사

ⓒ월호, 2022
ISBN 979-11-6285-102-9 (03810)

＊값은 뒤표지에 있습니다.
＊저자와 출판사의 허락 없이 내용의 전부 또는 일부를 인용, 발췌하는 것을 금합니다.
＊잘못 만들어진 책은 구입하신 곳에서 교환해드립니다.

아바타라 안심이다

월호 지음

아바타를 통하여
진짜 나를 찾아주는
월호 스님의 메타버스 명강의

마음의숲

세상 밖으로 나오는
특별한 암호를 알려드립니다

메타버스, 다소 생소한 개념이지만 많이 들어보셨지요?
팬데믹 이후 찾아온 비대면 시대, 가상의 현실에서
현실과 같이 자유롭게 사람들을 만나
안부를 물으며 일상을 공유하는 세계인
메타버스가 주목받고 있습니다.
메타버스는 시대의 트렌드가 되어
경제, 사회, 문화 등 사회 전반에 걸쳐 붐을 일으켰지요.
심지어 그동안 온라인 판매에 소극적이었던 프랑스의 명품 브랜드조차
메타버스에 매장을 열어 다양한 마케팅 활동을 벌이고 있습니다.

그렇다면 종교는 어떨까요?
믿기 어려울 수 있지만 시대의 흐름에 맞추어
불교계에서도 메타버스 세계 중 하나인 로블록스에
삼보사찰을 만들어 게임을 통해 순례 체험이 가능해졌습니다.

이렇듯 메타버스는 우리의 가치관과 삶을 변화시키는
가장 중요한 매개체로 자리매김했습니다.
기술이 좀 더 발전한다면 언젠가는
진짜 현실과 다름없는 가상현실을 일상처럼 살아갈 수도 있겠지요.

하지만 모든 것에 장단점이 있듯이 메타버스 역시 문제점도 있습니다.
사람들이 가상현실을 진짜 현실로 착각하게 되는 것을 꼽을 수 있겠지요.
진짜 현실을 잊어버리고 가상 세계에 푹 빠져
자신의 길을 잃고 헤맬 수도 있을 것입니다.
아니, 아예 현실로 나가는 길을 잃어버려서
나가려 해도 나갈 수 없을지 모릅니다.
도대체 어찌해야 할까요?

생각을 바꾸면 길이 열립니다.
사실 이미 메타버스는 수천 년 전부터,
인류가 태어났을 때부터 존재했습니다.
즉, 지금의 현실 세계가 바로 메타버스인 것이지요.
《금강경》에는 이런 구절이 나옵니다.

> 만약에 몸뚱이나 음성이 나라고 생각한다면,
> 이 사람은 잘못된 길을 가고 있는 것이다. 나를 보지 못하리라.
> 여래가 말한 세계, 참 세계가 아니므로 그 이름이 세계니라.

내 몸뚱이나 음성은 다만 아바타일 뿐,

진짜 내가 아니라는 것입니다.

내가 아닌 또 다른 나, 즉 아바타가 활동하는 지금의 세계가

하나의 가상현실, 즉 메타버스임을 암시하고 있지요.

또 《화엄경》에서는 흔히 모시는 세 부처로

청정법신淸淨法身 비로자나불,

원만보신圓滿報身 노사나불,

천백억화신千百億化身 석가모니불을 꼽는데

이때 노사나불은 음성으로 나타난 아바타이고

석가모니불은 몸으로 나타난 아바타이지요.

우주 또한 '허공의 꽃'이라 이르며 가상현실로 보고 있습니다.

오랜 역사를 품은 불교의 경전에 의하면

우리는 여전히 가상현실을 살아내고 있는 것입니다.

그렇다면 이 거대한 메타버스 세상에서

진짜 현실로, 진리로 돌아가려면 어찌해야 할까요?

무엇보다 먼저 자신이 아바타이며,

이곳이 메타버스라는 사실을 깨달아야 합니다.

또한 관찰자가 진짜 나라는 것을 깨닫고,

본래의 자신으로 돌아가는 암호를 기억해내야 합니다.

메타버스의 설계자는 모든 것을 대비하여 미리 암호를 설정해두지요.

그 암호에 대한 나름의 해독을, 이 한 권에 준비했습니다.
부디 잊어버린 암호를 깨달아 편안함에 이르기를!

　마하는 큼이요, 반야는 밝음이요, 바라밀은 충만함이다.
　마하반야바라밀이 나요, 내가 마하반야바라밀이다.
　나는 본래 크고 밝고 충만하다.
　나는 지금 크고 밝고 충만하다.
　나는 항상 크고 밝고 충만하다.
　마하반야바라밀!

2022년 새해

행불사문 월호 합장

차례

PART 2 메타버스 정신 수업

PART 3 유니버스 명상 수업

PART 1

아바타
마음 수업

내 몸과 마음은 아바타

우리가 흔히 알고 있는 아바타는
인터넷의 가상공간에 있는 자신의 분신分身으로
시각적 이미지로 표현되는 가상 육체라 할 수 있다.
그리고 현실 세계의 우리는 모두 이 아바타다.
혹은 둘 중 하나일 뿐이다.
자신이 아바타인 줄 모르는 아바타와
자신이 아바타인 줄 아는 아바타!

아프고 힘들고 고통스러운 일들에서 벗어나는 비결은
자신이 아바타임을 깨닫는 것이다.
나의 몸과 마음을 아바타라 여기며
직접 얼굴을 마주 대하듯 관찰하면,
내 몸에 병이 생겨 아프더라도
아바타가 병에 걸려 괴롭고 힘들어하는 것이 된다.
관찰자의 입장이 되어 나 자신이 아바타임을 깨친 후에는
너도 나도 아바타라는 사실을 널리 전해줄수록 좋다.
세상이라는 한철 꿈을 살아가면서,

한도 끝도 없이 좋은 꿈만 꾸려는 사람들에게
꿈에서 깨어남이 중요하다는 걸 일러주는 것이다.

모든 것이 꿈임을 깨달은 사람들은
이 세상의 구속에서 벗어날 수 있다.
적당히 번뇌도 있고, 불법佛法을 전해줄 중생도 있기 때문이다.
이 세상이야말로 도를 닦기에 최적화된 곳이다.
그러므로 언제 어디에 있건 그저 인연을 따라 작용하되,
무엇에도 구속받지 않고 자유자재로 움직이며
연을 따르기도 하고 비우기도 하며
크고 밝고 충만하게 살아가면 그뿐이다.

바로 지금 여기에서 이것뿐!
바로 지금 여기서, 나의 행위가 나를 창조하는 것이다.
몸과 마음은 아바타지만,
몸가짐과 마음가짐이 나를 만들어가는 것이다.

팬데믹 이후로, '중생이 아프므로 나도 아프다'는
유마장자의 말을 실감한다.
인류는 운명 공동체다.
인류의 대다수가 코로나에서 벗어나야 비로소 나도 벗어나듯이
나의 깨달음이 나에게만 머물러서는 안 된다.
세상의 모든 이들에게 닿기를 바라야 한다.
나의 몸과 마음이 아바타라는 인식을 통해
속박이나 굴레의 얽매임에서 벗어나
모두가 편안함에 이르기를 기원한다.

드론으로 관찰하는 내 마음

영화 〈엔젤 해즈 폴른〉의 사건은 다음과 같이 시작된다.
휴가 중인 미국 대통령을 테러범들이 드론으로 공격한다.
수십 대의 드론 떼가 정확히 타깃을 인식하여
경호를 무력화시키고 대통령에게 집중 공격을 가한 것이다.

드론은 조종사가 탑승하지 않고
무선전파에 의해 조종되는 무인항공기다.
본래 '벌이 날아다니며 윙윙거리는 소리'를 뜻하는 단어로
군사용으로 개발되었지만, 이제는 다양한 용도로 사용되고 있다.
소형화되고 이동성이 강화되면서
최근에는 '1인 1드론 시대'가 올 것이라는 전망까지 나오고 있다.

이 '1인 1드론'을 명상에 도입하면 매우 효과적이다.
예컨대 허공 중 적당한 지점에 자신의 드론이 떠 있다고 가정하고,
드론의 입장에서 내 몸과 마음을 관찰한다.
이때 드론은 주관적 관찰자이며
몸과 마음은 객관적 아바타가 된다.

아바타의 상황을 드론의 입장에서 관찰하고 염念하는 순간,
즉석에서 몸과 마음의 해탈解脫을 체험할 수 있다.

예컨대 걸어가면 '아바타가 걸어간다'
머무르면 '아바타가 머무른다'
앉았으면 '아바타가 앉아 있다'
누웠으면 '아바타가 누워 있다'고 생각한다.
그러다가 욕심이 솟고 화가 나거나 근심이 생기면,
'아바타가 욕심을 일으키는구나'
'아바타가 화를 내는구나'
'아바타가 근심하고 있구나'라고 염한다.
노환과 죽음 또한
'아바타가 늙어가는구나'
'아바타가 죽어가는구나'라고 염한다.
아바타로 바라보며 나를 벗어나는 것이 곧 해탈이다.

최근 우연히 만난 어떤 분이 필자를 알아보고 몹시 반가워하며,
"마음이 매우 불편한 일이 있었는데
스님 말씀대로 염했더니 마음이 금방 편해졌다"고 말했다.
또 어떤 분은 병원에서 치료받는 도중
'아바타가 통증을 느끼는구나'라고 대면하여 관찰했더니,
어느덧 긴장이 완화되면서 통증이 나아졌다고 한다.

드론을 띄워놓았다고 생각하면 명상에 훨씬 효과적일 뿐만 아니라,
때로는 어려움에서 벗어날 수 있는 지혜가 발현되기도 한다.
자신을 객관적인 입장에서 통찰할 수 있기 때문이다.
이것이 많은 고통의 근원이 되는
자기중심적인 생각에서 벗어나는 최상의 비결이다.

못 웃겨도 괜찮은 개그맨

얼마 전 〈유 퀴즈 온 더 블럭〉에 출연했다.
방송에서 인생과 행복이 무엇인지,
우리는 어떻게 살아야 할 것인지에 관해
유재석 씨, 조세호 씨와 즐겁게 담소를 나누었다.

재석　스님. 도대체 산다는 건 무엇이며
　　　어떻게 살아야 잘 사는 것일까요?
월호　사람들은 누구나 행복해지기를 원하지요.
　　　하지만 행복의 정상까지 올라갔던 사람들이
　　　바닥으로 곤두박질치는 경우가 허다합니다.
　　　그 근본의 이유는 역설적이지만 행복을 추구하기 때문이지요.
재석　아니. 인간은 행복하려고 사는 것이 아닙니까?
　　　그런데 행복을 추구하지 말라니 이해가 되지 않습니다.
월호　행복을 추구하다 보면 반드시 불행이 따라오게 됩니다.
　　　인생을 살다 보면 오르막길이 있지요.
재석　그렇죠. 반대로 내리막길도 있고요.
월호　그래서 행복을 추구하지 말고 안심安心을 추구해야 합니다.

재석 안심이요?

월호 네. 마음 편안함이죠. 행복하고 안심하고는 좀 다르답니다.

재석 안심을 택하라는 것은 어떤 선택을 할 때
      마음 편안한 것이 최우선이 되어야 한다는 말씀이겠죠?
      내 마음이 불편한데 욕심 때문에 돈을 좇거나
      내 마음이 불편한데 남을 불행하게 하면서
      이득을 취하지 말라는 것처럼요.

월호 네. 맞습니다. 지나친 이득을 구하지 말라는 이야기지요.

유재석 씨는 안심을 잘 이해하는 것 같았다.
그는 자기 주변에 아주 기쁜 일이 일어나면 좋겠지만
구태여 그걸 바라지 않는다고 했다.
그저 평범하고 감사한 하루하루가 지금처럼 이어졌으면 좋겠다고.

재석 그런데 실례지만 스님은 출가하시기 전에 어떤 일을 하셨는지요?

월호 저는 토목공학과를 나와 당시 대기업에 취직해서 일하고 있었습니다.

재석 대기업까지 다니시다가 출가하게 된 이유가 있으신가요?

월호　젊었을 때 친동생들이 갑작스럽게 명을 달리했습니다.

앞만 바라보고 달려오다 문득

'다음에는 내 차례구나'라는 생각이 들었습니다.

그렇게 한동안 공황장애에 시달리다

사람이 죽으면 어떻게 되는지 골몰하기 시작했습니다.

사람이 죽으면 정말 완전히 없어지는 것일까?

아니면 영혼이 남아서 윤회輪廻하는 것일까?

하루를 살더라도 죽음의 이치를 깨닫고 사는 것이 중요하다.

아무것도 모르는 상태에서 백 년을 살면 무슨 의미가 있겠는가.

절실한 탐구 끝에 결론을 내릴 수 있었다.

삶이 오면 삶과 함께하고

죽음이 오면 죽음과 마주하기로 했다.

월호　손바닥이 우리의 삶이라면 손등은 우리의 죽음입니다.

손바닥이 행복이면 손등은 불행이지요.

즉 삶과 죽음은 공존하는 손바닥과 손등처럼

월호 둘이 아닌 하나라는 것이지요.

어느 쪽을 비추고, 어느 쪽을 바라보느냐에 따라
삶과 죽음, 행복과 불행을 고를 수 있다.
이것을 불교에서는 불이不二, 즉 둘이 아니라고 표현한다.

세호 스님. 우리가 죽으면 어디로 가는 것입니까?

월호 살아생전 어떤 몸가짐과 마음가짐으로 살았느냐에 따라

죽음 이후의 운명도 정해집니다.

재석 그렇다면 정말 지옥도 있는 건가요?

월호 그럼요. 하지만 살아 있을 때 무아법無我法에 통달했으면

지옥도 없고 천당도 없습니다.

지옥과 천당 또한 내가 있기 때문에 존재하는 것이지요.

그런데 무아법이란 내가 없어지는 것이니

무아법에 통달한 사람에게는 지옥도 천당도 없는 것입니다.

월호 그런데 유재석 씨는 걱정 안 하셔도 될 것 같습니다.

평소 복과 도를 잘 닦고 있으니까요.

월호 복 닦기는 보시 복덕으로. 베푸는 것입니다.

　　　가난하거나 힘든 사람을 도와주는 게 복 닦기고요.

　　　도 닦기는 복 닦기보다 어렵지 않습니다.

재석 어떻게 하면 되는 건가요?

월호 자. 그럼 따라 해볼까요?

　　　몸도 아바타. 마음도 아바타.

　　　나도 아바타. 너도 아바타. 우린 모두 아바타야.

재석 하하. 스님 이게 뭔가요?

월호 아바타는 원래 인도 산스크리트어에서 나온 말로

　　　분신. 화신이라는 뜻인데요.

　　　알고 보면 우리 몸이 아바타인 겁니다.

재석 우리 몸이 아바타라니요?

월호 몸과 마음은 아바타고 그걸 보는 관찰자가 진짜입니다.

　　　이 몸과 마음이 아바타라는 확신이 들면

　　　병들어도 아바타가 병든 것이고

　　　늙는 것도 아바타가 늙는 것이고

　　　죽는 것도 아바타가 죽는 것입니다.

월호   관찰자의 입장으로 '내 아바타가 성질이 나려고 하는구나!'

이렇게 몇 번 생각하다 보면 화가 수그러집니다.

그렇다면 유재석 씨. 화는 누가 내는 것인가요?

재석   저요.

월호   내가 아니라니까요. 아바타가 화가 나는 거예요.

세호   저는 이해했습니다. 내가 아닌 아바타가 화내는 것을

관찰해야 한다는 말씀이시잖아요?

월호   맞습니다. 조세호 씨가 잘 이해하고 있었네요.

'나'라는 자아를 내려놓는 것은 당장 힘든 일일지 모른다.

그러나 열린 마음으로 아집을 빠르게 버릴수록

안심이 차오르기 시작한다.

세호   스님. 그럼 제 직업이 개그맨인데

제가 못 웃기는 것도 아바타가 못 웃기는 것입니까?

월호   하하. 조세호 씨의 경우 오늘은 아바타가 못 웃기는구나.

유재석 씨는 오늘은 아바타가 이해를 못 하는구나. 라고

생각하시면 됩니다.

아바타 명상을 끝까지 받아들이지 못한다면
해답 없이 속에서 번지는 번뇌를 어찌하지 못해 괴로울 것이다.
그러나 아바타 명상을 이해하고 흔쾌히 받아들인 조세호 씨는
어쩌다 방송에서 웃기지 못할지언정 마음이 편할 것이다.
그 또한 나의 일이 아니니까.
그것이 부담을 덜어내는 시작이니까.

세간사는 인因과 연緣으로 이루어져 있다.
인은 '나'고 연은 주변 상황이다.
사람들은 연이 무탈하기를 바라지만
연은 끊임없이 바뀌어 나 자신이 통제할 수 없다.
그래서 인을 0으로 만드는 것이 중요하다.
왜냐하면 인은 자기 마음이므로 통제 가능하기 때문이다.
내 마음이 0이라면 어떤 수를 곱해도 0이 나오기 마련이다.

그러니 어떠한 상황이 오더라도 평안함을 유지하며

현실에 감사하고 하루하루 최선을 다해 사는 연습이 필요하다.

그래야 예기치 못한 상황이 눈앞에 닥쳐와도 평정심을 유지할 수 있다.

레오나르도 다 빈치는 이야기했다.

잘 보낸 하루가 행복한 잠을 가져오듯이

잘 쓰인 인생은 행복한 죽음을 가져오는 법이다.

재석   스님. 그럼 인생을 어떻게 살아야 할까요?

월호   인생은 한마디로 일장춘몽—場春夢이지요.

　　　너무 애착하지도 말고 너무 슬퍼하지도 말고

　　　그저 '한바탕 꿈이다'라고 생각하고

　　　마음 편안하게. 넉넉히 살아가는 것이 참다운 인생입니다.

내 아들이 아바타라니?

어느 날, 강의 도중 신도분들이 게송을 발표하는 시간을 가졌는데,
그중 한 분이 아바타 명상을 현실에 잘 적용해 기억이 난다.

그분의 아들은 공부는 안 하고 게임에 빠져
온종일 컴퓨터에만 붙어산다고 했다.
한마디로 게임 중독에 걸린 것이다.
성질도 내고 야단도 치고 살살 달래도 보았지만,
한번 게임에 빠진 아들은 들은 척도 안 하고
게임 삼매경에 하루하루를 흘려보내고 있었다.

부모의 입장에선 속이 타들어 갈 것이다.
한창 공부해야 할 나이에 방구석에서 게임만 한다니
어느 부모가 마음이 타들어 가지 않을까.
그런 아들을 옆에서 지켜보자니 속이 상하고 울화가 치밀어
하루하루가 지옥 같았다고 한다.
그렇게 고민하다 불현듯 아바타 명상이 생각났다고.

'지금 이 감정과 상황을 아바타의 일이라고 생각하자.
지금 속상한 것은 내 아바타의 일이며
말을 듣지 않는 아들 또한 진짜 아들이 아닌 아바타라고.'

내 일이 아니라고 마음을 고쳐먹으니
게임하는 아들을 무심히 바라볼 수 있게 되었다.
근심 걱정과 울화도 점점 사라졌다.
조급해진 마음이 점점 가라앉고
서서히 평화가 찾아오기 시작했다.
마음이 어느 정도 차분해지니까 아들이 전처럼 밉지도 않았다.
물론 종일 게임만 하는 모습이 보기 좋지는 않았지만
격한 감정이 들지는 않았다.
그렇게 편안한 마음이 지속되니 다른 생각이 들었다.

'그래, 요즘 문제를 일으키는 아이들이 얼마나 많은데
우리 아들이 밖에 나가서 사고를 치는 것은 아니니
이만하길 다행이다.'

이렇게 생각이 바뀌니 그분의 행동도 달라졌다.
어느 날부터 이왕 하는 거 물이라도 마시며 하라고
아들에게 물을 떠다 주게 되었다.
이튿날엔 과일을 깎아주고, 또 그다음 날엔 음식까지 갖다 주었다.
그렇게 하루하루 지나자 아들은
분위기가 달라졌다는 것을 스스로 깨달았다.

'어, 이상하다. 엄마가 날 야단쳐야 하는데 왜 이러시지?'

그렇게 딱 석 달이 흐른 어느 날, 아들이 엄마에게 말했다.

"엄마, 나 이제는 공부 좀 해야겠어. 그동안 너무 게임만 한 거 같아."

놀랍게도 그날부터 아들은 게임을 끊고
스스로 공부하기 시작했다고 한다.
아바타라서 다행이다, 라는 생각이 들지 않을 수 없다.
아바타 명상이 만들어낸 뜻밖의 결과다.

살다 보면 뜻하지 않은 상황에 부딪혀 힘들고 괴로울 때가 있다.
성질내고 짜증을 부려서 모든 상황이 풀릴 수 있다면 좋으련만
화낼수록 해결은커녕 속만 더 상할 뿐이다.
가장 쉽고 빠른 방법은 자기 마음을 먼저 가라앉히는 것이다.
내가 평정을 유지해야 들이닥친 모든 상황을 차분히 수습할 수 있다.
물론 문제라는 것이 금방 해결되지는 않는다.
그래서 옛날부터 백일기도를 하는 것이다.
석 달 열흘은 공을 들여야 사람의 마음도 조금씩 바뀌기 때문이다.

또 고통을 두려워하지 말아야 한다.
내 고통은 내가 있기 때문에 있는 것이다.
고통이 온전히 소멸하려면 내가 없어져야 한다.
적이 없어야 내 고통이 없어지는 것이 아니라
내가 없어야 내 고통이 없어진다.
그것은 나의 몸뚱이가 없어진다는 의미가 아니다.
지금의 몸뚱이를 '나'라고 분별하는 마음이 쉬는 것이다.
생각해왔던 '나'를 아바타로 관찰하며 내려놓는 것이다.

게임에 몰두하는 아들은 고통이 아니다.
주변에서 벌어지는 상황은 고통이 아니다.
'고통은 나의 것'이라고 생각했던 고집에서,
그 집착에서 고통이 생겨나는 것이다.
나를 내려놓는 것은 곧 집착을 내려놓는 일이다.
짐을 내려놓고 편안해져도 된다.

멀티 아바타

"스님은 허구한 날 아바타만 보라 하십니까?"
"아바타는 아무리 강조해도 지나치지 않기 때문이지요."

불교에선 속세의 심신을 아바타라고 한다.
이 아바타 또한 내가 나를 만드는 것이므로
어떻게 설계하고 꾸미냐에 따라 인간의 근본적인 고통,
노화와 질병, 죽음에서 해탈할 수 있다.
그러나 아바타를 지켜보는 관찰자라 해서
아바타에 무심해서는 안 된다.
잘 설계하고, 끊임없이 업그레이드해야 한다.

"그렇다면 스님, 아바타는 어떻게 변화를 줘야 하는 건가요?"
"어렵지 않습니다. 매일 다른 옷을 입고 다른 음식을 먹듯이
당신의 아바타에게도 각각에 어울리는 역할을 줘야 합니다.
즉 멀티 아바타를 디자인해야 합니다.
국민 MC 유재석 씨가 '유산슬'이라는 가수로 인기를 누린 것도,
'라섹'이라는 셰프로 변신에 성공한 것도

아바타 디자인을 잘했기 때문이지요."

시시각각 변화하는 세상에 살고 있는 현대인은
자신도 모르게 여러 개의 가면을 쓰고 있다.
모두가 '멀티 페르소나'인 것이다.
가면을 바꿔 쓰듯 매 순간 다른 사람으로 변신하며
서로 다른 정체성을 띠는 다층적 자아를 만들어낸다.

아바타도 마찬가지다. 멀티가 되어야 한다.
하나의 아바타만 만들어놓았다가
어느 날 견디지 못하고 홀연히 떠나버리면 그때는 어떻게 하겠는가.
경찰서에 신고하겠는가? 미아 보호 센터에 찾아가겠는가?
아바타의 고통을 지켜보다 아바타가 병들 수도 있고
집을 나가버려 그 고통이 온전히 나에게 되돌아올 수도 있다.

그래서 여러 개의 아바타를 설계하는 연습이 필요하다.
아바타의 성별이나 나이, 학력, 경력, 직업은 관계없다.

단지 내가 만든 아바타들이 제대로 기능하는지
관심을 갖고 봐야 하며
아바타라 뭉뚱그려 바라보지 말고
아바타의 마음을 세밀히 알아보는 연습이 필요하다.
우리가 취미 활동을 할 때 꼭 한 가지만 하지 않고
악기 연주, 봉사 활동, 전시회 관람 등 다양하게 하는 것처럼,
아바타를 다르게 설계하고 바라보는 것은
나를 다르게 이해하고
나를 다른 방법으로 버리는 길이다.

'야나두 해탈'에 이르는 바라밀 수행

근래에 "야, 너두 ○○ 할 수 있어!"라는 광고를 본 적이 있다.
표현이 다소 무례한 듯하지만,
상대방에게 일종의 자신감을 안겨주는 문장이랄까.
나 같은 사람도 하면 되는데, 넌들 왜 못하겠나?
다만 방법이 문제일 뿐이라는 메시지를 담고 있다.
그런 의미에서 이렇게 말할 수도 있겠다.

"야, 너두 해탈할 수 있어!"

사실 해탈이 그렇게 어려운 것만은 아니다.
해탈이라는 글자를 보면 풀 해解, 벗을 탈脫 자로
말 그대로 속박을 풀어서 벗어나는 것이다.
줄담배를 피우던 사람이 담배를 끊으면
담배에서 해탈한 것이다.
술 없이 못 산다던 사람이 술 없이 잘 살게 되었다면
술에서 해탈한 것이다.
"그대 없이는 못 살아!" 울부짖던 사람이

그대 없이도 잘 살게 되었다면 그대에게서 해탈한 것이다.

사실 우리는 본래 담배 없이, 술 없이, 그대 없이도 잘 살아왔다.

문득 호기심을 느끼기 시작한 어느 순간부터

자승자박自繩自縛이 되었을 뿐이다.

그러므로 그 속박은 스스로 풀 수 있으며,

스스로 풀어야만 하는 것이다.

얼마 전 택시를 이용했다.

택시 기사가 상당히 친절하고

운전도 매우 편안하게 하기에 비결을 물었다.

"저도 얼마 전까지 이러지 않았습니다.

한 푼이라도 더 벌려는 마음에 죽어라 일했죠.

종종 식사 시간을 거르기도 하고,

사소한 교통법규는 무시해가면서 열심히 앞으로 내달렸습니다.

그런데 어느 날, 문득 어릴 적 소원이 떠올랐습니다.

'쌀밥에 고등어구이 반찬 먹을 수 있다면 소원이 없겠다'는 것이었죠.

생각해보니 이미 소원은 성취되었던 것입니다.
그런데도 좀 더, 좀 더 하는 강박관념에
건강을 해치면서까지 앞으로만 질주했죠.
이제 그런 생각을 놓아버리니 건강도 좋아지고
사소한 시비도 많이 없어졌습니다.
몸과 마음이 편안해졌습니다."

기사의 말처럼 모든 속박은 자승자박이기에
스스로 놓아버리는 순간 그대로 해탈이다.

또 다른 일화도 있다.
해탈을 구하던 도신 스님에게 삼조 승찬 스님이 물었다.

"누가 묶었냐?"
도신이 답했다.
"아무도 묶지 않았습니다."
삼조가 다시 물었다.

"그런데 어찌 해탈을 구하는가?"

우리는 모두 본래부터 해탈의 경지에 있다.
그렇기에 마음만 먹으면 해탈이 가능한데,
이를 실현하는 것이 바라밀 수행이다.
바라밀은 깨달음의 세계에 이른다는 말로, 수행의 완성을 뜻하며
여섯 바라밀은 해탈을 여섯 가지로 체험하는 연습이다.

보시바라밀布施波羅蜜과 지계바라밀持戒波羅蜜은
탐욕에서 해탈하는 연습이다.
인욕바라밀忍辱波羅蜜과 정진바라밀精進波羅蜜은
분노에서 해탈하는 연습이다.
선정바라밀禪定波羅蜜과 지혜바라밀智慧波羅蜜은
어리석음에서 해탈하는 연습이다.

탐욕은 몸과 마음이 나의 것이라는 그릇된 관념에서 생겨난다.
이 몸과 마음을 만족시키기 위해

사람이나 재물 등을 자신 쪽으로 끌어당기는 것이다.

이러한 에너지를 억지로 없애려는 노력은 부질없다.

보시布施는 에너지의 전환이다.

당기는 에너지를 주는 에너지로 바꾸는 것이다.

지계持戒는 에너지의 절제다.

과욕을 멈추게 하는 것이다.

그러면서 몸과 마음의 일어남과 사라짐을

아바타의 현상으로 바라보면 탐욕이 점차 쉬어진다.

분노는 나의 뜻에 거스르는 대상을 향해 표출된다.

자신의 바람과 반대되는 것을 거부하고 밀어내는 에너지인 것이다.

인욕은 욕됨을 참는 것이요, 정진은 이를 꾸준히 연습하는 것이다.

욕됨은 '나'라는 존재가 있다고 생각하기에 느끼는 것이니,

이 또한 아바타의 현상으로 관찰하면 사라진다.

나와 남이 모두 아바타이니,

아바타가 아바타에게 화를 내는 것은

허망하기 짝이 없다.

어리석음은 인과에 밝지 못한 것이다.

'콩 심은 데 콩 나고, 팥 심은 데 팥 난다'라는 말은 믿지 않고

숙명론이나 신의설神意說 혹은 요행을 믿는 것이다.

숙명론은 '콩을 심건 팥을 심건 무엇이 날지는

이미 결정되어 있다'라고 하는 것이다.

신의설은 '콩을 심건 팥을 심건 무엇이 날지는

신에게 달려 있다'라고 하는 것이다.

요행을 바라는 것은, '콩을 심건 팥을 심건

내가 원하는 게 날 것이다'라고 하는 것이다.

어리석기 짝이 없다.

선정禪定을 닦으면 마음이 고요해지고,

마음이 고요해지면 내면의 지혜가 자란다.

인과를 믿게 되며, 더 이상 숙명이나 신이나 요행을 믿지 않게 된다.

꾸준히 바라밀을 닦아 나도 해탈하고 남도 해탈시키기를!

행복을 부르는 세 가지 알약

근심 걱정에서 벗어나 어디에도 머무르지 않고,

평화로운 삶을 사는 것이 진정한 행복이다.

이를 위해 세 알의 약이 필요하다.

근심 걱정에서 벗어나는 약,

머무르지 않는 약,

평화롭게 살아가는 약이 그것이다.

첫째, 근심 걱정에서 벗어나려면 아바타 환丸을 복용해야 한다.

근심 걱정의 근본 원인은 '내'가 있기 때문이다.

내가 없어져야 나의 근심 걱정이 사라진다.

그러기 위해 내 몸과 마음을 아바타로 두고 관찰해야 한다.

나의 근심 걱정이 아바타의 것으로 바뀌게 된다.

나는 어느덧 관찰자의 입장에 서게 된다.

둘째, 중생의 마음에 머무르지 않고 자존감을 회복하려면

바라밀 환을 복용해야 한다.

바라밀은 '충만함'을 뜻한다.

46

관찰자는 본래 크고 밝고 충만하다. 지금도 그러하며 항상 그러하다.
달이 사실은 늘 보름달인 것과 마찬가지다.
그림자 때문에 초승달이나 반달, 혹은 그믐달로 보일지언정
달이 진짜 찌그러진 것은 아니다.
우리의 눈으로 그렇게 보일 뿐이다.
그러므로 초승달이나 그믐달이
억지로 보름달이 되고자 노력할 필요는 없다.
때가 되면 저절로 보름달로 보일 것이다.

사람도 마찬가지다.
억지로 완벽한 인간이 되고자 애쓸 필요가 없다.
자신이 많이 모자란다는 생각 또한 착각이다.
우리는 본래 보름달처럼 크고 밝고 충만한 존재다.
그러므로 바로 지금 여기서
크고 밝고 충만한 삶을 사는 것이 중요하다.
그런 의미에서 '마하반야바라밀'을 입으로 외고
마음으로 실행하는 것이다.

마하는 큼이요, 반야는 밝음이요, 바라밀은 충만함이다.

충만하게 쓰려면 헐떡임이 쉬어야 한다.
그믐달은 그믐달대로, 보름달은 보름달대로
자신의 자리를 지킬 뿐
남들과 비교하지 말고
있는 그대로의 자신을 받아들이는 것이 중요하다.
몸과 마음은 아바타요, 관찰자가 진짜 나다.
관찰자는 바로 성품이다.
성품은 마치 허공과 같아서
모든 것을 받아들이되 아무것도 붙잡지 않는다.
흰 구름이라고 붙잡지 않으며 먹구름이라고 내쫓지 않는다.
다만 바라볼 뿐!
성품은 공^空한 것이다. 텅 비었기에 무엇으로든 채울 수 있다.
나도 이와 마찬가지다.
고정된 '나'는 없기에 어떠한 '나'도 만들 수 있다.
어떤 나를 만들 것인가?

우울한 나를 만들 것인가? 밝은 나를 만들 것인가?

내가 선택한다. 내 작품이니까.

이것이 바라밀 명상이다.

마지막으로, 평화롭게 살아가려면 행불行佛 환을 복용해야 한다.

일수사견一水四見이라는 말이 있다.

똑같은 물이지만, 보는 이의 안목에 따라 달리 보인다는 것이다.

사람에게는 바다가 물로 보이지만,

천신에게는 옥쟁반으로 보이고,

물고기에게는 집으로 보이고,

아귀에게는 불로 보인다.

그러므로 자신의 안목을 충족시키려는 노력을 바탕으로

안목을 한 단계씩 높이는 것이 삶의 목표가 되어야 한다.

행불이란 부처의 행동을 수행하는 것을 말한다.

부처가 되기 위한 수행이 아니라,

자신이 본래 부처라는 깨달음으로 닦는 수행이다.

해탈을 향해서 가는 것이 아니고, 본래 해탈해서 닦는 것이다.
이를 통해 완전연소하는 것이다.
찌꺼기를 남기지 않고 지금 이 순간 평화로워지는 것이다.
목적과 방법이 둘이 아니기에
수행이 곧 깨달음이며, 깨달음이 곧 수행이다.
지나간 과거를 근심하지 않고
오지 않은 미래를 걱정하지도 않으며
지금 이 순간에도 머무르지 않는 경지다.

이 모든 약을 삼킬 때, 매사가 둘이 아님을 깨달아야 한다.
쪼개면 작아지기 때문이다.
나와 남이 둘이 아니고, 부처와 중생이 둘이 아니다.
인간과 자연이 둘이 아니고, 과거와 미래가 둘이 아니다.
성공과 실패가 둘이 아니고, 행복과 불행도 둘이 아니다.

빨리 가려면 혼자 가야 하지만, 멀리 가려면 함께 가야 한다.
우리는 모두 무한한 가능성이 있는 존재다.

걸림돌을 디딤돌 삼을 때, 가능성은 현실이 된다.

세 알의 약은 그대에게 주어졌다. 복용은 당신의 선택이다.

부디 증상에 따라 적절히 잘 사용하기를!

안목이 나의 길을 인도한다

팔만대장경도 모르면 빨래판이요,
돌부처도 모르면 돌덩이일 뿐이다.
그만큼 바른 안목이 소중한 것이다.
국보 32호이자 세계기록유산인 팔만대장경은
세종대왕이 통치할 당시, 왜에서 수차례 달라고 요구하여
중신들이 이에 응하려 했으나
세종이 결연히 거부하여 겨우 보존했던 역사의 유물이다.
또한 한국전쟁 당시 해인사 일대 폭격 지시를 받은 고故 김영환 장군이
상부의 명령을 거부하고 산 너머에 폭탄을 투하하여
간신히 참화를 면하기도 했다.
불법도 이와 마찬가지여서,
정법의 소중함을 아는 이가 있어야 겨우 지켜나갈 수 있다.

위산선사는 제자인 앙산 스님에게 이렇게 말했다.

"나는 그대의 안목이 바른 것만 귀하게 여길 따름이지,
자네의 행실은 귀하게 여기지 않는다네."

심지어 행실보다 더욱 귀한 것이 안목이라는 점에 유의해야 한다.

행위가 나를 규정하지만,

결국 행위를 만드는 것은 안목에 달렸기 때문이다.

또 겉보기에는 똑같은 행위더라도,

어떤 안목으로 하느냐가 더욱 중요하다는 것이다.

단순한 예를 들자면 세금을 절약하기 위해 기부를 택하는 부자와

김밥을 팔아 번 재산을 모조리 기부한 어떤 노인은

똑같이 기부했지만, 그 안목과 목적은 현격히 다르다.

이 차이는 뭇사람도 쉬이 눈치챌 수 있다.

《금강경》에서는 다섯 가지 안목,

육안肉眼, 천안天眼, 혜안慧眼, 법안法眼, 불안佛眼을 언급하고 있다.

육안과 천안은 중생의 안목이다.

'육신으로 된 나'와 '정신으로 된 나'가 있음을 인정하는 것이다.

이 실체의 속박을 벗어나는 안목이 바로 혜안과 법안이다.

혜안은 색즉시공色卽是空의 눈으로

존재는 다 무상無常한 것이니

나 또한 없다는 무아無我를 깨닫는 것이고,
법안은 공즉시색空卽是色의 눈으로
사견이나 집착을 떠나
우주의 본체에 다다른 경지인 대아大我를 인지하는 것이다.
마지막으로 불안은 색즉시색色卽是色의 눈으로
참된 나를 발견하고 모든 것을 있는 그대로 받아들이는 경지,
곧 시아是我를 보는 것이다.

옛 중국에 파조타 화상이 있었는데,
그가 머무는 절 인근에 유명한 기도처가 있었다.
그곳의 조왕신이 매우 영험하여 갖가지 제물을 바치고 소원을 빌면
모두 이루어진다는 소문이 돌자
제물을 바치기 위해 생명을 해치는 일이 잦았다.
이에 화상은 그곳에 직접 방문해서 설했다.

"그대는 기왓장과 흙으로 이루어져 있거늘,
어디서 영험이 나오는가?"

그러고는 지팡이로 조왕신의 신당을 내리치면서 두드려 깨트렸다.
잠시 후 부뚜막이 부서져 내리며
푸른 옷에 높은 관을 쓴 조왕신이 나타나 절하며 말했다.

"오늘 진정한 가르침을 받고 이곳을 떠나게 되었습니다. 감사합니다."

소원을 이루는 것에 정법이 있지 않다.
영험한 기적을 누리고 끝없는 탐욕을
현실에서 충족시키는 것이 불도가 아니다.
다만 지금의 현상을 바라보고 행위를 수행하는
당신의 안목이 당신에게 필요한 것이다.
당신은 지금 어떤 안목으로 세상을 보고 있는가?

흔들리는 마음 반갑게 맞이하기

붓다의 안목은 도대체 어떤 것일까?
최근 《유마경》을 번역하면서 그 답을 찾게 되었다.
《유마경》은 과거와 현재, 그리고 미래에 걸쳐 존재하는
모든 부처의 가장 큰 깨달음을 풀어낸 것으로,
붓다의 깨달음도 이로부터 생긴다고 말하고 있다.
이것이 곧 앞서 언급한 안목의 마지막 경지,
불안不安을 없애는 불안佛眼이다.

모든 존재는 존재 그대로 해탈한 상태다.
꽃 자체는 어떤 분별도 하지 않건만
사람이 꽃말을 짓고, 꽃의 등급을 구별하며
꽃을 묶고 스스로 묶일 뿐이다.
《유마경》에 나오는 '유마의 침묵'이 해탈과 다르지 않다.
경전의 글귀와 해석도 해탈의 한 모습일 뿐이요,
탐욕과 노여움과 어리석음도 곧 해탈에 이를 수 있다.
그러므로 더 이상 얻을 것도 깨칠 것도 없다.
이 '얻을 바 없음'을 얻어가는 것이 진정한 깨우침이다.

일체 존재는 아바타이므로 이 몸도 아바타요,
붓다의 몸은 법신法身이다.
생사가 있으면 병이 있지만, 법신은 불생불멸이다.
그러므로 자신의 병을 아바타의 병으로 관찰하면서,
자신의 병처럼 남의 병을 가엾이 여겨야 한다.
모든 병을 가엾게 여기는 것이 진정한 자애다.
그러므로 방편方便이 없는 지혜는 속박이요,
방편이 있는 지혜가 해탈이다.
지혜가 없는 방편은 속박이요,
지혜가 있는 방편이 해탈이다.

욕망을 탐하는 즐거움 대신
법을 깨우치는 즐거움을 누리며
밥 공양보다 법공양을 드리는 모임을 가져라.
하나의 등불로 수천 수백의 등잔에 불을 붙이듯
불법으로 중생을 인도하라.
번뇌의 바다에 들어가지 않으면, 지혜의 보배를 얻을 수 없다.

모든 번뇌가 곧 여래의 씨앗이기 때문이다.

일체의 마군魔軍과 여타의 종교는 귀중한 손님이다.

뭇 마군은 생사를 즐기고 보살은 생사를 버리지 않기 때문이며,

다른 종교는 모든 해석을 기꺼이 받아들이고

보살은 해석에 동요하지 않기 때문이다.

보살을 핍박하는 이는 해탈을 돕는 또 다른 보살이다.

당나귀는 코끼리를 차거나 밟을 수 없다.

부처의 눈을 얻기 위해서는 필연적으로 찾아오는 손님인

마음의 흔들림을 반가이 맞아야 할 것이다.

탐진치 바이러스를 격리하는
최상의 방법

온 세상이 여전히 코로나바이러스로 시끄럽다.

바이러스는 본래 일반 세포보다 훨씬 작아서 잘 보이지 않으며

스스로 존재하기 어려워 동물이나 식물 등 숙주에 기생한다.

일종의 기생 세포라고 할 수 있는데,

그 모양이 마치 왕관처럼 생겨서

코로나Corona 바이러스라고 불리는 것이다.

그런데 사실 인류에게는 이미 이보다 훨씬 전염성도 강하고,

치사율 백 퍼센트인 바이러스가 기생하고 있다.

이 바이러스는 심지어 인간의 몸은 물론

마음에도 기생하여 내생까지 이어진다.

바로 '탐진치貪瞋癡 바이러스'다.

탐욕과 성냄 그리고 어리석음을 뜻하는 이 탐진치는,

인간의 몸과 마음에 기생하며 윤회를 반복하게 하는

가장 무서운 바이러스라 할 수 있다.

문제는 스스로 증상을 알지 못한다는 것이다.

그렇다면 이 탐진치 바이러스에서 벗어나는 비결은 무엇일까?
일단 스스로 이 바이러스에 감염되었음을 알아차려야 한다.
그리고 격리 치료가 필요하다.
반복 강조한 '대면 관찰법'을 이용하면 된다.
몸과 마음에 자리 잡은 탐욕과 분노를
분리시킨 후 관찰자로서 지켜본다.
이것이 나와 바이러스를 격리하는 치료법이다.

두 번째는 바이러스에 다시 감염되지 않도록
본래의 건강 상태를 회복하는 것이다.
그것이 '마하반야바라밀법'이다.
오나 가나, 앉으나 서나, 자나 깨나, 죽으나 사나
'마하반야바라밀'을 염하며 몸과 마음으로 다음과 같이 인지한다.

"마하는 큼이요, 반야는 밝음이요, 바라밀은 충만함이다.
마하반야바라밀이 나요, 내가 마하반야바라밀이다.
나는 본래 크고 밝고 충만하다.

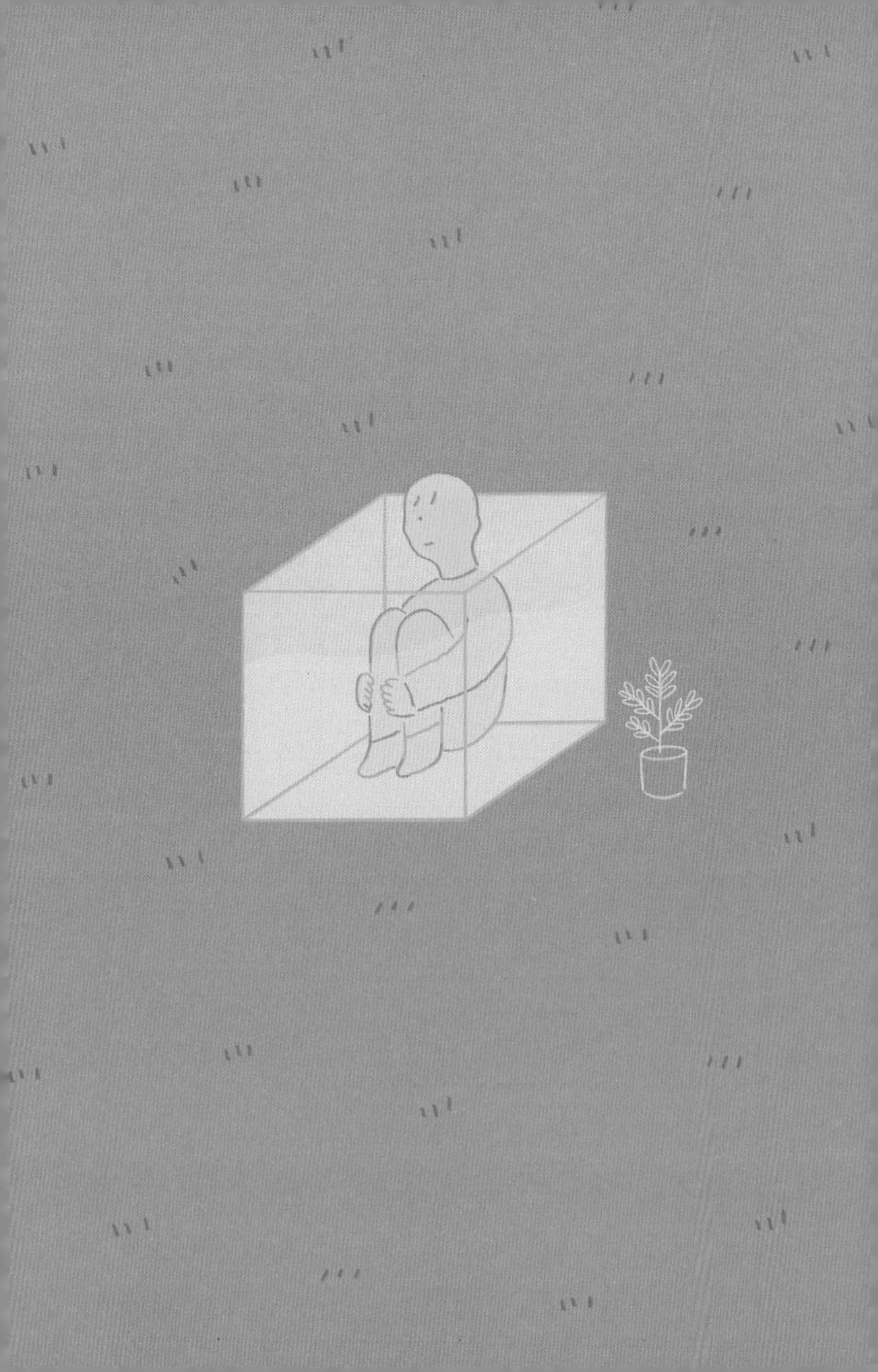

나는 지금 크고 밝고 충만하다.
나는 항상 크고 밝고 충만하다."

필자가 늘 강조하고 시행하는 '리셋 5단계'는
바로 이 두 가지 치유법,
'대면 관찰법'과 '마하반야바라밀법'을 결합한 것으로
최고의 백신이자 치료제다.
인류가 조속히 이 치유법을 활용해
탐진치 바이러스에서 벗어나기를 기원한다.

목적을 만드는 연습

'먼저 목적 없는 몸을 만든다. 그리고 목적을 만든다.'

최근 한 TV 프로그램에서 한때 '수사반장'으로 유명했던
원로배우 최불암 씨가 자신의 연기 비결로 제시한 내용이다.
젊은 시절부터 60대 노인 역할을 자주 연기했던 이 배우는
고심 끝에 먼저 자신이 30대의 젊은이라는 사실을 잊기로 했다.
그렇게 스스로 '목적 없는 몸'을 만들고자 노력했다.
그리고 배역에 걸맞은 목적을 부여했다고 한다.
이것이 바로 아버지 역할, 수사반장 역할을
자연스럽게 할 수 있었던 비결이다.

감탄이 절로 나오지 않을 수 없었다.
이야말로 '참나는 무아요, 무아는 대아'라고 하는
불교의 이치를 생활 속에서 실천한 것이다.
《반야심경》에서 말하는 '색즉시공 공즉시색'의 도리와 같다.
즉 모든 존재는 텅 빈 것이며,
텅 비었기에 무엇으로든 채울 수 있는 것이다.

몸과 마음은 본래 고정된 실체가 없다.
다만 변화하는 현상만이 있을 뿐.
고정된 실체가 없기에 어떠한 현상으로도 나타난다.
천 가지 역할을 맡아 해내는 배우처럼 말이다.

관세음보살은 서른두 가지 몸을 나타내어
중생을 가르친다고 알려져 있다.
부처의 몸으로 나타나 가르칠 이에게는
부처의 몸으로 나타나 가르치고,
신의 몸으로 나타나 가르칠 이에게는
신의 몸으로 나타나 가르친다.
남자의 몸으로 나타나 가르칠 이에게는 남자로,
여자의 몸으로 나타나 가르칠 이에게는 여자로 나타난다.
이 역시 '이 몸이 내 몸이다'라고 하는 고정관념이 없기에
어떠한 몸으로도 나타나는 현상이라고 설명 가능하다.

결국 목적 없는 몸을 만든다는 것은 백지 상태를 만드는 것이며,

목적을 만든다는 것은 하얀 도화지에 밑그림을 그리는 것과 같다.
불교적으로 말하자면 먼저 무아를 체험하고,
이어서 서원誓願, 즉 자기 마음속에 맹세한 그대로 실현하는 것이다.
최불암 씨의 '목적 없는 몸' 만들기는,
무아법에 통달하는 자가 진정한 보살이라는
《금강경》의 가르침에 대한 성실한 수행이라고도 할 수 있다.

무아를 연습하는 것은 그리 대단하지 않다.
보이는 것을 보기만 하고,
들리는 것을 듣기만 하고,
느끼는 것을 느끼기만 하고,
아는 것을 알기만 하는 것이다.
나 스스로가 하나의 통로가 될 때, 여기에 나는 없다.
다만 드나드는 모든 것이 있을 뿐이다.
나의 위를 오가는 모든 것이 고정되지 않고
지나다니면서 나를 이루게 된다.
그렇게 어떠한 나도 만들 수 있게 된다.

실체가 있는 것이 아니라
쓰임이 있을 뿐

인사를 할 때 하는 합장은
손을 모으며 마음을 모은다는 의미도 있지만,
모두가 둘이 아니라는 의미도 담고 있다.
몸과 마음이 둘이 아니며,
인사를 하는 나와 인사를 받는 그대가 둘이 아니라는 의미도 있다.
그러므로 왼손과 오른손 또한 둘이 아니다.

그렇다고 하나인 것도 아니다.
한 몸뚱이에서 나왔으나 각각의 용도는 다르기 때문이다.
인도에서는 전통적으로 밥 먹을 때 수저 대신 맨손으로 먹곤 한다.
아울러 화장실에서 용무를 보고 난 후 맨손으로 뒷물을 해왔다.
이르자면 오른손은 밥 먹을 때, 왼손은 뒷물할 때 사용한다.
그러므로 각각의 용도가 구분되어 있는 것이다.
이처럼 본체는 하나지만 쓰임은 다른 것이
불이, 즉 '둘 아님'의 의미다.

《유마경》에서는 '둘 아님'에 대한 보살들의 의견이 논의된다.

보살들이 모두 자신의 의견을 밝히고,
마지막으로 문수보살에게 물으니 그가 답했다.

"내가 생각하기에는 일체의 법에 있어서
언설이 없고, 볼 수도 알 수도 없으며,
따라서 모든 문답을 여읜 이것이 바로
불이 법문에 들어간다는 뜻입니다."

이렇게 말하고 나서 유마에게 의견을 물으니,
유마는 말이 없었다.
이에 문수가 감탄해 말했다.

"훌륭하고 훌륭합니다.
문자와 언어가 없는 이것이 참으로 불이 법문에 들어갑니다."

이 말을 듣고 오천 명의 보살들이
그 자리에서 불이 법문에 들어가

무생법인無生法忍*을 깨달았다고 한다.

유마의 침묵을 최상의 설법이라 칭송하는 것처럼,
선가에서도 언어의 길이 끊어지고
마음의 움직임이 없는 경지를 추구한다.
동산 양개선사와 운암 스님의 일화가 이를 잘 보여준다.
양개선사가 운암 스님에게 물었다.

"백 년 뒤에 누가 '스님의 진영眞影을 그릴 수 있습니까?'
하고 물으면 어떻게 대답해야 하겠습니까?"
운암 스님이 잠시 침묵하다가 말했다.
"다만 이것뿐!"

양개선사가 의심에 잠겼다가,
나중에 물을 건너며 그림자를 보고 크게 깨달았다고 한다.

*
일체의 법이 공허하여 그 자체의 고유한 성질을 갖고 있지 않기에,
생멸과 변화를 넘어선 진리에 편안하게 머물며 마음이 흔들리지 않는 상태.

무엇을 깨달았을까?

운암 스님이 지닌 몸과 마음, 그리고

스님의 진영을 표현한 그림 모두

실체가 아니라는 사실을 침묵을 통해 알린 것이다.

선사는 이 진리를 그림자의 속성에서 깨우친 것이다.

《유마경》에서는 보살이 중생 보기를 물속의 달을 보듯이,

거울 속의 형상을 보듯이 해야 한다고 설한다.

실체가 있는 것이 아니라

다만 쓰임이 있을 뿐이라는 사실을 깨우치길 바란다.

물속의 달과 하늘에 뜬 달의 모양이 다르지 않은 것처럼.

육신의 모습과 거울 속의 모습이 다르지 않은 것처럼.

내게 온 반가운 손님, 스트레스

난초는 적당히 스트레스를 받아야 꽃을 피운다.
모든 상황이 좋기만 하면 꽃피울 생각을 하지 않는다.
오히려 어려운 상황에 놓여 생의 위협을 느껴야
후손을 남기기 위해 꽃을 피우는 것이다.

깨달음의 꽃도 마찬가지가 아닐까?
스트레스가 없기를 바랄 것이 아니라,
닥쳐오는 스트레스의 일어남과 사라짐을
지켜보면서 받아들이다 보면
어느덧 깨달음의 꽃이 아름답게 피어날 것이다.

1. 스트레스는 게스트다

사는 것도 스트레스요, 죽는 것도 스트레스다.
삶과 죽음 자체가 스트레스의 연속이라고 말할 수 있다.
결국 잘 살고 잘 죽으려면 스트레스를 잘 다룰 수 있어야 한다.
그러기 위해서는 먼저 스트레스의 정체를 파악해야 한다.

스트레스는 게스트다.

주인이 아닌 길손이라는 것이다.

손님이 왔으면 얼른 대접해서 빨리 보내는 것이 상책이다.

이미 방문한 손님을 인사도 하지 않고 무시해버리면

성질이 나서 행패를 부릴 수도 있다.

또 너무 극진히 대접해서 오랫동안 눌어붙도록 놔두게 되면

주인이 할 일을 제대로 할 수 없게 된다.

자칫 주인 노릇을 대신할 수도 있다.

《능엄경》에는 견불객진遣拂客塵이라는 말이 있다.

　　손가락은 쥐락펴락해도 그대의 보는 성품은 부동이요,

　　티끌은 움직여도 허공은 부동이다.

　　이와 같이 중생들은 요동하는 것으로 티끌을 삼고,

　　머물지 않는 것으로 손님을 삼아야 한다.

2. 알아차리고 순순히 맞이하라

《좌선의》에는 염기즉각 각지즉실念起卽覺 覺之卽失이라는 경구가 있다.
'잡념이 일어나면 곧바로 알아차려라.
알아차리면 곧 사라지리라'는 뜻이다.
일단 알은척을 해야 한다는 것이다.
손님이 오면 우선 인사부터 하는 것이 예의 아닌가.
이와 마찬가지로 스트레스 받는 일이 생겨나면
먼저 이를 알아차리고 인사를 해야 한다.

"네, 스트레스 님. 오셨군요."

알아차리고 인정을 해준다.
그런 다음에는 되도록 빨리 돌려보내는 것이다.
어렵겠지만, 정중히 맞이하고 대할수록 손님은 순순히 떠날 것이다.
스트레스는 언제고 다시 돌아온다.
꼴 보기 싫어도 다시 봐야만 하는 단골손님을 붙잡고

오래도록 고민할 필요는 없다.
보낸 뒤 얼른 본분 수행으로 되돌아가면 최상이다.

"그런데 이걸 어쩌죠. 제가 하던 일이 있어서,
다음 기회에 다시 볼까요?"

3. 이름을 붙여라

이 정도 노력으로는 쉽게 돌아가지 않는 손님도 많다.
이 경우 좀 더 지켜봐야 한다.
즉 스트레스가 스스로 생겨나고 치성하게 머물렀다
점차 사그라져서 마침내 사라지는
생주이멸生住異滅의 과정을 주의 깊게 지켜보는 것이다.

이때 유념할 것은 가만히 지켜보고 있어야 한다는 것이다.
붙들고 시비하거나 자꾸 건드리면 스트레스가 더욱 커질 수 있다.
이렇게 하자면 절대적으로 닉네임이 필요하다.

스트레스를 나의 것으로 지켜보는 것이 아니라,

이를테면 월호의 것으로 지켜보는 것이다.

자신에게 닉네임을 붙여서 닉네임의 스트레스로 바라보기 시작하면

그 스트레스는 더 이상 나의 스트레스가 아니게 된다.

닉네임은 물론 진짜 이름이 아니다.

거짓 이름이며 임시 이름이다. 실체가 없는 것이다.

실체가 없는 닉네임의 스트레스는 당연히 실체가 없다.

허상인 것이다.

허상은 허상인 줄 알면 슬그머니 사라진다.

《중론》에는 다음과 같은 말이 나온다.

因緣所生法　我說卽是空

인연소생법 아설즉시공

亦爲是假名　亦是中道義

역위시가명 역시중도의

인과 연으로 생겨난 존재를 나는 곧 '공'이라고 말한다.

또한 이것은 닉네임이며, 또 이것이 중도의 올바름이다.

4. 오는 손님 막지 말고 가는 손님 잡지 말라

번거롭다고 해서 손님이 오지 않기만을 기대해서도 안 된다.
가끔씩 손님이 와야 집안을 돌아보게 된다.
정리 정돈도 새롭게 하고, 대청소도 하게 된다.
이러한 이유로 오는 손님 막지 말고
가는 손님 잡지 않아야 한다는 말이 있는 것이다.
손님 맞는 연습을 꾸준히 하는 것이 생활 속 수행이다.
그러므로 스트레스가 없는 날은 공치는 날이다.
스트레스가 있어야 진전이 있다. 다만 지켜보고 지켜볼 뿐!
《대승기신론》에 '잡념'이라는 손님을 맞는
네 가지 유형을 간략히 정리한 것이 있다.

범부는 잡념이 생겨나서 머물렀다 사그라들어야 비로소 알아차린다.
초발심보살은 잡념이 생겨나서 머무르는 동안 알아차려 내보낸다.

일정 경지에 오른 보살은 잡념이 일어나자마자 알아차려 내보낸다.
보살십지菩薩十地에 이르면 방편으로 생각을 일으키나
일으켰다는 생각이 없다.

범부에서 보살십지에 이르는 과정이 바로 수행이다.
스트레스로 꽃을 피운 경지는
일정 경지에 오른 보살이라 할 수 있다.
꽃이 지고도 향기가 머무는 경지가
바로 보살십지에 이른 것이리라.

본래 자리로 돌아가야 하는
몸과 마음

대학 시절 고교 선배의 권유로
봉사 단체인 대한적십자회에 가입하여 동아리 활동을 하게 되었다.
당시 학생회관에 동아리방이 있었는데,
거의 매일 동급생과 선후배 들이 드나들며
대화도 하고 노래도 부르며 친교의 시간을 가졌다.
아울러 강의가 끝나면 삼삼오오 몰려가
막걸릿집에서 술잔을 기울이곤 했다.
그러다 보니 자연히 담배를 접하게 되었다.

이렇게 학창 시절 담배를 배운 이후로 흡연은 계속되었다.
군대에서 훈련 도중 10분간 휴식 시간에 피우는 담배는
또 왜 그렇게 꿀맛이었는지.
마치 담배를 맛나게 피우기 위해 힘든 훈련을 받는다는 느낌이었다.
사회생활을 시작한 이후론,
주거니 받거니 술을 마시고 담배를 피우며
대화를 나누는 것이 습관화되었다.

그런데, 대학원에 다니면서 참선 공부를 하다 보니
담배를 피우는 것이 상당히 거추장스럽게 여겨졌다.
또 냄새가 몸에 배어 다른 사람들에게도 영향을 주는 것 같아
신경이 많이 쓰였다.
특히 생사의 굴레를 끊어야 하는 참선 공부를 하면서
담배를 못 끊는다는 것이 창피스럽기도 했다.
담배조차 못 끊는데 이 질긴 굴레를 어떻게 끊을 수 있겠는가?
이후 다부지게 마음먹으니 더 이상 담배를 가까이하지 않게 되었다.

때로 찾아오는 유혹도 그런대로 잘 참아 넘기던 어느 날이었다.
나도 모르게 담배를 피우고 있는 것이 아닌가?
일 년이나 잘 참아냈건만 이렇게 허망하게 무너질 줄이야.
벌컥 후회가 밀려오면서 이제 어째야 하나 막막하기 짝이 없었다.
그때였다. 탁 깨어보니 꿈이 아닌가?
꿈속에서 담배를 피웠던 것이다. 천만다행이었다.
그때 저절로 이런 말이 나왔다.

"꿈이라서 다행이다!"

좋은 꿈을 꾸는 것도 좋겠지만,
이보다 더 좋은 것은 꿈에서 깨어나는 것이다.
《금강경》에서는 모든 존재가 꿈과 같고 허깨비와 같다고 말한다.
《육조단경》에서도 몸과 마음은 실체가 없으며,
불성은 항상 청정하다고 말한다.
몸과 마음을 다진다는 멋진 꿈을 꾸는 것도 좋지만,
더 좋은 것은 몸과 마음 이전의 본래 자리,
항상 청정한 불성으로 돌아가는 것이다.

PART 2

메타버스
정신 수업

생사를 초월하는
메타버스 정신 수업

몇 년 전, 영화 〈아바타〉가 크게 흥행한 이후로
가상현실의 캐릭터와 관련한 영화가 다수 쏟아져 나오고 있다.
앞으로의 미래는 SF영화와 다를 바 없을 것이다.
메타버스가 오고 있기 때문이다.

메타버스란 초월을 의미하는 '메타Meta'와
현실 세계를 의미하는 '유니버스Universe'가 결합된 합성어다.
메타버스 서비스는 3차원으로 만들어진 가상의 세계 내에서
현실처럼 사회, 경제, 문화 등의 활동을 하는 것을 의미한다.

메타버스에서는 자신의 아바타를 이용해
새로운 공간을 만들고 다른 사람과 소통할 수 있다.
가난한 자가 부자가 되기도 하고,
원하는 곳에 땅을 살 수도 있으며,
드라마 속 주인공도 될 수 있다.
현실에서는 도저히 불가능한 임무까지도 거뜬히 완수해내며
성취감 및 만족감을 맛볼 수 있다.

이 메타버스 세계관은 갈수록 확장되고 있다.

지난 미국 대선 때 조 바이든 대통령은 젊은 층의 표심을 잡기 위해
게임 〈모여봐요 동물의 숲〉 안에 선거 본부를 개설했고,
문재인 대통령도 2020년 어린이날 〈마인크래프트〉 게임에
청와대 맵을 만들어 어린이들과 시간을 보냈다.

메타버스는 단순한 가상현실과는 다르다.
기존의 가상현실은 현실과 단절되어 있는 공간이었지만,
메타버스는 현실과 밀접한 관계를 맺어 상호작용을 하기 때문이다.
팬데믹 이후 등교가 어려워지자
메타버스에서 강의도 듣고 신입생 환영회를 참여하는 등
현실과 메타버스의 경계는 점점 허물어지고 있다.

메타버스 서비스는 단순히 콘텐츠를 소모하는 것을 뛰어넘어
사회 문화적 활동을 통해 가치를 창출할 수 있으며
이것이 경제적 효과로도 이어진다.
또 다른 나의 분신이 현실에 직접적인 영향을 미치는 순간이다.

삼신불 개념에 따르면 몸은 화신化身이요, 마음은 보신報身이고
진짜 몸은 법의 몸뚱이인 법신法身이다.
다시 말해 화신이나 보신은 법신의 '아바타'일 뿐이다.

이렇게 보면 다음의《금강경》게송偈頌을 이해하기 쉬워진다.

凡所有相 皆是虛妄 若見諸相非相 卽見如來
범소유상 개시허망 약견제상비상 즉견여래

무릇 형상 있는 것은 한결같이 허망하다.
서른둘의 겉모습이 여래 아님을 안다면 여래 또한 볼 수 있다.

一切有爲法 如夢幻泡影 如露亦如電 應作如是觀
일체유위법 여몽환포영 여로역여전 응작여시관

모든 존재 꿈과 같고 허깨비나 이슬 같고 번갯불과 같으므로
응당 모두 이와 같이 관찰해야 하느니라.

만일 보고 듣고 만지는 모든 감각과 벌어지는 모든 상황이
사실 메타버스 세계 속에서 벌어진 일이라면 당신은 어떠한가?
안심, 안심 또 안심이다.
아바타는 수없이 많으니까 언제든지 다시 만들 수 있고,
얼마든지 새로 시작할 수 있다.
그것이 바로 윤회의 고리다.
하지만 윤회의 굴레를 끊지 못하면 삶과 죽음이라는 스트레스가
단골손님처럼 끊임없이 나를 찾아올 것이다.
이를 끊기 위해 복 닦기, 도 닦기를 통해 내공을 쌓고
비로소 열반에 이르러 윤회를 끊는 것이다.

메타버스 세계 속 아바타는 결국
지금 내가 가진 몸과 마음이 다름 아닌 '아바타'라는
대승불교 가르침의 연장선이다.
대면 관찰의 시작은 존재의 공허함을 깨닫고
'나'를 버리며 '아바타'를 내세워 타자화하는 것이지만
그 끝은 그것이 둘이 아니라는 가르침에 있다.

메타버스 속의 '아바타'를 통해 했던 모든 행동이
결국 현실의 '나'에게 영향을 미치는 것과 같다.

메타버스 세계관에서 아바타를 만들고
그 안에서 활동하는 것은 대면 수행의 좋은 연습이 될 수 있다.
메타버스 속 아바타가 나에게 영향을 미치더라도,
그것을 관찰하고 플레이하는 '진짜 나'는
따로 있는 것을 늘 기억해야 한다.
'진짜 나'는 즐겁다.
'진짜 나'는 행복하다.
'진짜 나'는 항상 크고 밝고 충만하다.

인공지능 로봇은
스님이 될 수 있을까?

4차 산업혁명의 주역인 인공지능 로봇은
최첨단 컴퓨터와 빅데이터로 무장했기 때문에
빠른 시간에 온갖 지식을 습득하고 정보를 처리할 수 있다.
또한 하루 24시간 미동조차 하지 않고 용맹하게 정진할 수 있다.
아울러 입력된 사항대로 백 퍼센트 실행하므로
계율을 어기는 일도 절대 발생하지 않는다.

하지만 이처럼 능력이 좋은 인공지능 로봇도
선정을 통해 얻은 참다운 지혜, 즉 무분별적 지혜는
인간을 따라올 수 없을 것이다.
모든 소프트웨어의 기본은 이진법,
즉 0과 1의 분별로 시작하기 때문이다.

또 자비심을 계발하는 것은 어떨까?
내 말에 순종하는 사람을 사랑하는 자심慈心은
로봇에게도 생겨날 수 있다.
하지만 내 말에 거역하고 나를 해치려는 사람까지도 사랑하는 비심悲心을 기대하기는 어려울 것이다.

자신의 존재 자체를 위협한다고 해석할 수밖에 없기 때문이다.

이렇게 보자면, 인공지능 로봇과 사람을 구분하기 위해서는

무분별지無分別智와 함께 대비심大悲心을 계발하는

수행에 집중하는 것이 현명한 방향 같다.

이 대목에서 《선문염송》의 〈파자소암〉 이야기가 떠오른다.

신심이 돈독한 한 노파가 어떤 스님에게 초막을 지어드리고

20년간 변함없이 공양을 올렸다.

어느 날, 오직 수행에만 전념해온 스님에게 노파는

자신의 젊은 딸을 보내어 꼭 끌어안게 했다.

그리고 이렇게 묻도록 하였다.

"이럴 때, 어떠하십니까?"

스님이 답했다.

"마른 나무가 찬 바위에 기댔으니,

삼동三冬에 따사로운 기운이 없도다."

딸이 돌아와서 노파에게 이야기를 전하니, 노파가 말했다.
"내가 20년 동안 겨우 속한俗漢을 공양했구나."

그러고는 벌떡 일어나서 암자를 불태워버렸다.
노파는 이 스님이 20년 동안 열심히 수행해서
겨우 '인공지능 로봇 스님'의 수준에 이르렀다는 사실을 눈치챈 것이다.
단순 입력된 불교의 지식이 아닌,
수행과 깨달음으로 이뤄진 참된 불심을 기대한 것이다.
스님은 '여색을 탐하지 말라'는 가르침에 치우쳐
짧고 기계적인 답변을 내비쳤을 뿐이다.

노파의 딸을 '마른 나무'에, 자신을 '찬 바위'에 비유하는 것은
얼핏 보았을 때 성적 욕망에서 해탈한 듯 보인다.
그러나 '따사로운 기운이 없다'는 탄식에 주목하여
이 답변을 해석하자면,
스님은 마른 나무의 기운과 따뜻한 나무의 기운을 구분하며
'따사로운 기운'을 원하고 있는 것이다.

탐욕과 분별을 미처 버리지 못한 것이다.
경전에 적힌 문장을 곧이곧대로 받아들일 뿐,
깊은 뜻을 미처 헤아리지 못한 것이다.

내가 이 이야기 속 스님이라면 어떤 대답을 해야 했을까.
인공지능 로봇이 할 수 없는
무분별지와 대비심에 입각한 답변이 필요하다.
다음의 문장이 답이 될까.

"무슨 일이 있었는가, 결국 하나인 것을."

행복보다 안심

얼마 전, 긍정의 아이콘이던 한 연예인이 갑작스레 세상을 떠났다.

잘 나가던 지자체장도 스스로 생을 마감했다.

전직 대통령은 형이 확정되어 감옥에 갔다.

대한민국 최고의 재벌 총수들도 병을 앓거나,

감옥에 가는 일이 비일비재하다.

이른바 각 분야에서 최고로 성공하여

가장 행복할 것 같던 사람들이 잇달아 불행을 경험하는 것이다.

도대체 무엇이 문제인가?

1. 행복을 추구하지 말자

사람들은 대개 행복을 추구한다.

인생의 목적이 행복이라고 하는 이도 있다.

하지만 행복을 추구하는 삶은 결국 불행을 불러온다.

행복과 불행은 동전의 양면과 같아서 둘이 아니기 때문이다.

이 둘은 항상 함께 다닌다.

다음과 같은 일화가 있다.

어떤 남자의 집에 노크 소리가 들려 나가보니,

미모의 여인이 서 있었다.

보기만 해도 안구가 정화될 것 같은 최고의 미녀가

향기를 내뿜으며 꽃다운 미소를 짓고 말했다.

"저와 함께 있으면 행운이 온답니다. 들어가도 될까요?"

그 남자가 여인을 받아들여 막 앉으려는 찰나,

다시 노크 소리가 들렸다.

문을 여니 좀 전과는 정반대로 추하기 짝이 없는 여자가

역겨운 냄새를 풍기고 인상을 쓰며 말했다.

"저와 함께 있으면 불행해집니다. 저도 들어가겠습니다."

당연히 거절하니 그 여인이 말했다.

"앞서 들어간 여인은 저와 쌍둥이랍니다.

받아들이려면 반드시 둘 다 받아들이고,

거절하려면 둘 다 거절해야만 합니다. 어찌시렵니까?"

당신이라면 어떻게 할 것인가?

행복을 추구한다는 것은 행복과 불행을 모두 받아들여
함께 살겠다는 것이다.
계속 함께 살 것인가, 둘 다 내쫓을 것인가?

2. 안심을 얻자

자신의 행복을 추구하는 데 열중하다 보면
자칫 남의 행복을 간과하기 마련이다.
남이야 어찌 되든 자신만 즐거우면 그만이고,
국가야 어떻게 되든 자기 집안만 잘 나가면 그만이다.
자연환경이 심각하게 훼손되어 수많은 생명이 죽어가더라도
돈만 많이 벌면 그만이다.
그러다 보니 결국 그 죄를 되돌려받는 것이다.

필연코 불행을 수반하는 행복을 추구하는 대신,
안심을 얻도록 해야 한다.
마음이 편안해지려면 남에 대한 배려가 필요하다.

다른 집단과의 상호 존중이나 자연과의 상생도
생각하지 않을 수 없다.
욕심의 조절이 필요하다.
이를 위해 궁극적으로 자신의 마음을 통찰하게 된다.

중국에 선禪을 최초로 전한 달마대사에게 혜가가 요청했다.

"제 마음이 편치 않으니 스님께서 편안하게 해주소서."
"마음을 가져오너라. 편안케 해주리라."
"마음을 찾아도 끝내 얻을 수 없습니다."
"그대의 마음을 편안하게 해주었느니라."

마음은 마치 허공과 같아서 실체가 없다. 찾아도 얻을 수 없다.
이를 깨치는 것이 진정한 안심이다.
불안한 마음은 본래 없다. 닦을 것도 얻을 것도 없다.
단지 마음의 실체 없음을 깨닫고, 더 이상 구하지 않으면 된다.
구하는 것이 있으면 고통이요, 구하는 바 없음이 즐거움이다.

위와 같이 무심無心을 잘 관찰해 단번에 안심을 얻으면 최상이겠지만,
누구나 할 수 있는 것은 아니다.
좀 더 쉬우며 누구나 생활 속에서 가능한 방법이
바로 '아바타 명상'으로 대표되는 대면 관찰이다.
불안함과 분노에서 격리되어 마음이 편안해진다.
이미 일어난 불은 어쩔 수 없다 해도,
불난 집에 부채질할 필요는 없다.
땔감을 공급하지 않으면 불은 저절로 사그라든다.

3. 몸과 마음을 잘 쓰자

몸과 마음은 아바타, 관찰자가 진짜 나다.
하지만 결국 아바타와 관찰자는 불이, 다르지 않다.
그러므로 아바타를 잘 써주는 방법 또한 필요하다.
크고 밝고 충만하게 써야 하는 것이다.
몸과 마음을 밝게 쓰는 가장 간단하고 좋은 방법이 웃음이다.
지나가버린 어느 시절의 유행어가 그랬듯이

웃으면 복이 오고, 웃을 일이 생긴다.
웃을 일이 생겨서 웃는 것은 누구나 할 수 있다.
먼저 웃음으로써 웃을 일이 생기게 만드는 것은
지혜로운 사람만 할 수 있다.
그렇게 스스로 밝아진 후에 남을 밝혀야 한다.

인생은 일장춘몽이다.
행복은 길몽이요, 불행은 악몽이다.
좋은 꿈만 꾸려는 것은 헛된 망상이다.
꿈에서 깨어나야 한다.
삶의 초점을 '행복'이 아닌 '안심'으로 전환해야 한다.
진정한 행복은 안심이며, 궁극적 안심은 무심이다.
세월의 무심함은 무심에 닿지 못한 우리를
깨우치기 위해 존재한다.

차별화된 아바타 세상, 메타버스

기술이 발전하면서 경제, 문화. 사회
심지어 종교에서조차 트렌드가 변하고 있다.
인터넷으로 예불이나 예배, 미사를 드리는 모습이
이제는 낯설지 않다.
나 역시 팬데믹 시대에 어쩔 수 없이 온라인으로
신도들에게 강의하며 의사소통을 하고 있으니 말이다.
예불이란 서로의 눈동자를 포개고 마주 앉아
경건한 마음으로 부처님의 가르침을 깨닫고
명상하며 수행하는 것인데,
보이지도 않는 가상의 공간에서 랜선 하나에 의지한 채
스피커를 통해 떠들어봐야 무슨 깨달음을 얻으며
수행이 되겠냐고 생각한 적도 있었다.

그런데 생각과 달리
사찰에서 신도들과 예불을 드릴 때나
마이크를 잡고 인터넷으로 예불을 드릴 때나
부처를 공경하며 수행하는 마음만은 변하지 않았다.

환경이 자아내는 분위기를 공유할 수 없어 아쉬웠지만
단점이 있으면 장점도 있는 법.
그 장점에 익숙해지다 보니 세상 편할 수가 없다.

만약 일이 바빠 절에 올 수 없다면
다시 보기를 통해 24시간 부처님과 가까워질 기회가 생긴 것이고
이해가 안 가는 내용은 무한으로 반복해서 공부할 수 있으니
이것이야말로 일거양득 아니겠는가.
나 역시 내가 한 강의를 되돌아보며 뜻이 제대로 전달되었는지,
나의 아바타가 오늘 몸단장을 잘했는지
다시 한번 확인할 기회가 생겼으니 얼마나 좋은가.

불가에는 천상에도 다양한 세계가 있다고 한다.
오프라인의 세계가 있으면 온라인의 세계가 있고,
우리가 사는 세계가 있으면
가상현실이나 증강현실 세계도 있듯이
하늘에도 다양한 세계가 존재한다.

먼저 무색계無色界의 네 하늘나라가 있다.

이곳의 천신들은 물질로 된 몸은 없고 마음만 있다.

높은 순서대로 비상비비상처지非想非非想處地, 무소유처천無所有處天,

식무변처천識無邊處天, 공무변처천空無邊處天이 있으며

죽음이 다가올 때 선정에 들어간 상태에서 임종하면

자신이 이뤄놓은 선정의 차원에 맞는 하늘에 태어난다.

다음으로 색계色界의 열여섯 하늘나라가 있다.

이곳은 오욕五欲을 즐기지 않으며 모두가 남자의 모습을 하고 있다.

이들의 감각기관은 눈과 귀밖에 없으며

대부분 수행자처럼 깨끗하고 맑게 생활한다.

선정의 경지에 따라 나뉘어 도합 열여섯 곳이며,

통칭 범천梵天이라 한다.

마지막으로 욕계欲界에는 욕심의 정도에 따라

타화자재천他化自在天 이하 사천왕천四天王天까지

여섯 하늘나라와 인간계 그리고

아수라, 아귀, 축생, 지옥이 있다.
이 욕계에도 등급이 나뉘어 있어,
이에 따라 특성이 다르게 묘사된다.
타화자재천은 시중드는 천신이
즐길 대상을 창조하면 그 대상을 즐긴다.
화락천化樂天은 즐기고 싶은 대상을 스스로 창조한다.
사천왕천과 도리천忉利天은 지거천地居天으로서
아직 남녀관계가 행해지지만,
야마천夜摩天은 포옹으로 만족하며,
도솔천兜率天은 손잡는 것으로 만족한다.
화락천은 마주 보고 웃기만 해도 만족하며,
타화자재천은 그냥 보기만 해도 만족한다.

이처럼 불법은 메타버스 세상이 유행하기 전부터
새로운 세상을 만들어 구체적으로 설계하고,
그곳에 어울리는 사람들이 접속할 수 있다고 보았다.

새로운 세상은 지금의 세상이 가지지 못하는 장점들을 품고 있다.
더 나은 세상으로 입적하기 위해 우리는
끊임없이 수행하는 것인지도 모르겠다.

삶은 하나의 게임이다

요즘 어디서나 심심찮게 MZ세대에 관한 이야기가 나온다.
MZ세대는 '밀레니얼세대'와 'Z세대'를 합쳐서 부르는 말로
10대 후반에서 30대의 청년층에 해당하며
스마트폰, 인터넷 등 디지털 환경에 익숙한 세대를 말한다.

이들은 최신 트렌드를 따르면서도
자신들을 위해 목소리를 낼 줄 알며,
자신이 원하는 것에 돈이나 시간을 쓰는 것을 꺼리지 않는다.
푸어족, 수저론, 낀 세대, 헬조선 등과 같은 단어가
주요한 담론이 되는 시대의 장벽에 부딪힌 MZ세대들은
평범한 행복을 누리는 것이 쉽지 않다는 것을 깨달았다.
그래서 막연한 미래에 기대기보다는
즉각적인 행복을 주변에서 찾으려고 한다.
지금에 충실하고 자신이 좋아하는 것을 즐기자는 '욜로족'
그리고 소소하지만 확실한 행복을 찾는
'소확행'이라는 단어가 대표하는 삶을 추구한다.
여기에 더해 최근에는 '소확성',

즉 소소하지만 확실한 성취감이 주목받았다.
끝나지 않는 팬데믹 사태에 코로나 블루를 겪은 사람들이
일상생활에서 느끼는 무력감을 벗어나기 위함이다.

시대가 변하고 있다. 그리고 그에 맞춰 세대도 변하고 있다.
'이 세상에서 가장 중요한 금 세 가지가 무엇인가?'라는 질문에
옛 현자는 '소금, 황금, 지금'이라 답했다.
하지만 요즘 세대에게 가장 중요한 금 세 가지를 물으면
'지금, 현금, 입금'이라고 대답한다.
'소확성'을 느끼기 위한 확실한 보상으로 돈을 꼽은 것이다.
우스갯소리처럼 보이지만 어쩌면 이 대답이
현실을 관통하는 메시지라 할 수 있다.

하지만 지금의 세대가 추구하는 이 '소확성'을
더 쉽게 얻는 방법이 있다.
롤 플레잉 게임의 원리와 비슷한데,
사람들은 롤 플레잉 게임을 즐기며

자신의 캐릭터가 성장해간다는 보람과
눈에 보이는 성과를 확인하며 성취감을 함께 얻는다.
사람들이 게임에 몰입하고,
중독에 가까울 정도로 찾게 되는 이유가 다 있는 것이다.

그런데 삶에 '아바타 명상'의 논리를 적용하면
살아가는 것이 게임을 플레이하는 것과 다르지 않게 된다.
큰 욕심을 버리고 조금은 가벼운 마음으로,
그러나 재미있는 게임에 몰입하듯
공들여 삶을 살아낸다면 그만큼 효과적인 '소확성'이 없다.
아바타에 분노의 감정만을 담는 것이 아니라,
기쁨과 즐거움 또한 나의 아바타에 담는 것이다.
그리하여 불안 없는 기쁨, 욕심 없는 즐거움을 온전히 누릴 수 있다.

그간 철학 분야에서 활발했던 '통 속의 뇌*'와 같은 논의는

*
사고실험 중 하나로 인간의 뇌를 몸에서 떼어냈을 때 생명력을 유지하고 전기자극을 주면
가상과 현실을 구분할 수 없을 것이라는 주장.

인간의 무한한 상상력에 기반했고,

그 상상력을 충분히 자극했다.

그러나 불법은 말하고 있다.

단순한 감각이나 전기자극이 아닌 마음먹기에 따라서 당신은

통 속의 뇌가 될 수도,

게임 속 캐릭터가 될 수도,

메타버스 세계를 살아가는 아바타가 될 수도,

혹은 아무도 되지 않을 수도 있다.

'나'라는 아집을 버렸을 때 만날 수 있는 세상이다.

플라톤의 동굴

플라톤의《국가》에는 유명한 동굴의 비유가 있다.
플라톤은 당시 그리스 사람들이 동굴 속에서 살고 있다고 생각했다.
사람들이 진리의 세계인 이데아에서 벗어나서
그림자나 환의 세계에 빠져 있다고 믿었기 때문이다.
플라톤이 말한 동굴의 세계가
오늘날의 메타버스 세계다.
메타버스는 일상생활과 연결된 환의 세계다.
즉 현실 밖에 있는 것이 아니라 우리의 일상 속에 있는 것이다.

플라톤은 사람들이 동굴의 세계에서 살아가면서
'참나'를 찾지 못한다 보았다.
사람들은 땅 밑의 동굴 속에서 살고 있는데
길게 뻗어 있는 입구에서 빛이 들어온다.
사람들은 동굴 입구를 등진 채 발과 목이 묶여 있어서
동굴 벽을 보고 있을 수밖에 없는데,
자기 눈앞에 보이는 그림자를 자신이라고 믿는다.
동굴 벽에 비추어진 그림자가 바로 아바타다.

빛은 시간의 흐름에 따라 계속 변화하므로
비추어진 나의 모습도 다를 것이다.
그러므로 우리에겐 수많은 아바타가 있는 셈인데
사람들은 그 아바타를 진정한 나로 믿는다는 것이다.
플라톤은 우리가 고개를 돌릴 수 있다면,
동굴 밖의 '참나'를 찾을 수 있을 것이라 주장했다.
그에 따르면 동굴 밖에 있는 참나의 세계가 곧 이데아의 세계다.

다시 쉽게 생각해보자. 우리는 동굴 속에 갇혀 있다.
동굴 벽에 있는 '그림자로서의 나'가 있고,
'실제로 묶여서 존재하는 나'가 있으며,
동굴 밖에 '보이지 않는 참나'가 있다.
플라톤이 추구했던 것은 바로 '보이지 않는 참나'다.
플라톤은 사람들이 메타버스의 세계에서
수많은 아바타로 살아가면서
동굴 밖의 세계는 알지 못하거나
알려고 하지 않은 것을 비판한 것이다.

불가의 개념으로 말하자면 플라톤은 법신을 추구하며
화신과 보신을 업신여긴 것이다.
즉 아바타는 참나가 아니라고 단언한 것이다.
이를 위해 올바른 도덕 가치나 아름다움 같은 것을 추구했다.

이것이 필자의 관점에서 발견한 플라톤 철학의 한계다.
과연 '그림자로서의 나'인 아바타는 허깨비일 뿐인가?
불가에서 아바타를 '참나'라 부르기 어렵더라도
색즉시색의 시선으로 하나에 이른다면 결국 다르지 않은 것이다.
아바타로 바라보는 것은
나를 내려놓기 위한 수행의 도입에 불과할 뿐
나와 다르다는 분별심을 지니는 것이 아니다.

차라리 플라톤의 동굴을 이렇게 해석하고 싶다.
스스로 동굴 밖으로 빠져나와 '참나'를 만나는 것에 그치지 않고
동굴 안에 갇힌 모두의 사슬을 끊어내 다 함께 손을 잡고 나오자고.
그것이 중생의 굴레를 끊는 불도의 실천이다.

매트릭스와 메타버스

서기 2199년, 인공지능에 의해 인류가 지배되는 세상.

영화 〈매트릭스〉의 배경이다.

영화에서 인간은 인큐베이터 같은 캡슐에 들어가

가상의 공간에서 살아간다.

그 가상 세계를 관리하는 주체는 바로 기계다.

매트릭스를 빠져나오면서 인공지능에게

가장 위험한 인물이 된 모피어스는

자신과 함께 인류를 구할 마지막 영웅을 찾아 헤맨다.

그리고 모피어스는 주인공 네오에게 파란 약과 빨간 약을 제시한다.

"파란 약을 먹으면 네가 믿고 싶은 것을 믿게 돼.

만약 빨간 약을 먹으면 끝까지 가게 된다."

즉 파란 약을 먹는 것은

질서 있는 세계에 머무르며 만족하는 길이다.

반면 빨간 약을 먹는 것은

혼란스럽고 고통스러운 진실의 모습을 보는 길이다.

네오는 현실을 깨닫고 인큐베이터에서 깨어나 저항할 것인지,
아니면 지금 그대로 살아갈 것인지 선택한다.
네오는 마침내 빨간 약을 고르고
기계에 지배당하는 처참한 인간의 현실을 마주한다.

〈매트릭스〉는 이처럼 현실보다 더 실제 같은 가상 세계를 다루고 있다.
영화 도입부의 배경은 1999년인데, 이 배경이 실은
인류를 동력원으로 활용하기 위해서 설정된 가상임을 깨닫게 된다.
네오는 이 세계가 가상임을 알고,
가상 세계에 갇힌 사람들을 구원하기 위해 활동을 시작한다.
말하자면 네오는 2199년의 부처님이면서 예수님인 셈이다.

플라톤의 동굴에서 보았듯이,
우리는 이미지가 넘치는 세계 속에서 살며
지금의 세상이 진짜 세상이라고 믿는지도 모른다.
실제로는 2199년인데
가상 세계인 1999년을 현실로 믿고 살아가는 사람들처럼 말이다.

우리는 너무나 많은 이미지에 둘러싸여 있다.

SNS나 인터넷 세계 속에서

우리가 창조한 가상의 이미지를

현실이라고 믿어버린 채 살아가는 사람은 또 얼마나 많은가.

메타버스는 분명 장점이 많은 세계지만

우리가 현실의 속박에서 벗어나야 하듯이

메타버스 세계에만 의존해서 살아갈 수는 없는 것이다.

영화〈매트릭스〉에서는 주인공 네오가 메시아로 등장한다.

가상 세계에 갇혀 사는 사람들은 아무것도 하는 것이 없다.

오직 네오가 구원해주기만을 기다리는 것이다.

깨닫지 못했으므로 할 수 있는 게 없다.

그렇지만 지금 우리가 사는 가상현실과 메타버스의 세계는 다르다.

메타버스는 가상 세계지만

현실 세계와 밀접히 맞닿아 있기도 하기 때문이며,

아바타는 허상이지만 우리는 허상이 아니기 때문이다.

우리는 누군가가 구원해주기를 기다릴 수만은 없다.
아바타 명상은 스쳐 지나가는 단계일 뿐,
나 스스로 구원하고 나 스스로 해탈해야 한다.

현실과 메타버스를 넘나드는 로지

얼마 전, TV에서 전에 없던 새로운 광고가 등장했다.
앳된 아이돌 같은 소녀가 숲속과 도심을 오가며
자연스럽게 춤을 추는 광고였다.
개성 있는 외모와 스타일리시한 옷차림,
시크한 눈빛에 많은 사람이 주목했다.
그러나 이 광고가 주목받게 된 것은 다름 아닌
광고 속 소녀가 진짜 사람이 아니었기 때문이다.
이 소녀는 바로 가상 인물, 버추얼 인플루언서 '로지'다.

버추얼 인플루언서란 가상을 의미하는 '버추얼Virtual'과
SNS에서 사람들에게 영향력을 행사하는 사람
'인플루언서Influencer'가 합쳐져 생긴 신조어다.
심지어 모 성형외과에서는 홍보 차원에서
로지의 주근깨를 없애는 시술을 해주겠다고 하니
그의 모습이 얼마나 실제 사람 같은지 실감이 난다.

로지는 SNS를 통해 적극적으로 소통하며
자신의 생각이나 감정 등을 현실의 사람처럼 표현해
많은 사랑을 받고 있다.

이렇듯 가상의 캐릭터가 사람과 같은 역할을 하고 있으니
현실에서 많은 연예인이 가상 세계를 드나들며
시공간을 초월하는 일 역시 더는 놀랍지 않다.
메타버스 세계에서 걸 그룹 블랙핑크의 사인회를 열었더니,
무려 4,600만 명이 시청했고
미국의 힙합 가수 트래비스 스콧의 아바타 공연에는
1,230만 명의 아바타가 모여들었다.
심지어 메타버스에서 아바타용 의류 판매를 통해
월 1,500만 원의 수입을 올리는 사람도 있다고 한다.
팬데믹 이후 일상적인 활동이 자유롭지 않다 보니
메타버스 열풍이 더 빠르게 확산된 것도 사실이지만
그렇지 않더라도 이는 반드시 일어날 현상이었다.
메타버스는 이미 창조된 하나의 유니버스이기 때문이다.

불교에서는 우리가 사는 유니버스 또한
메타버스라고 꾸준히 이야기해왔다.
《금강경》에서는 '모든 존재가 마치 꿈과 같고
아바타와 같다'고 말한다.
또한 《반야심경》의 첫 대목은 이렇게 시작한다.

관자재보살이 깊은 반야바라밀을 행할 때
몸과 마음 아바타라 관찰하고 모든 고통 벗어났다.

그러므로 메타버스 속 아바타는
'아바타의 아바타'라고 말할 수 있다.
《유마경》에서는 부처님의 아바타인 유마장자가
다시 자신의 아바타를 만들어 중향국의 향적불에게
공양을 받아와 대중에게 공양을 올렸는데,
이 공양을 먹은 대중들의 몸에서 향기가 났으며
한없이 편안하고 쾌적해졌다고 한다.
'아바타의 아바타'가 가져온 결과물이

실재하는 사람들에게 선한 영향을 주는 것이다.
다시 말해서, 실체가 없는 아바타는 인과 연에 의해 생겨나지만
아바타가 행한 선과 악의 업은 현실에서도 작용하고 있다.
결국 유니버스가 메타버스(색즉시공)요,
메타버스가 유니버스(공즉시색)인 것이다.

내가 내세우는 아바타도 사실 광고 속 로지와 다를 바 없다.
단지 로지는 눈으로 직접 볼 수 있는 아바타지만
나의 아바타는 마음의 눈으로밖에 볼 수 없어
조금 낯설고 어색할 뿐이다.
미래에는 나의 아바타를 로지처럼
직접 눈으로 관찰할 날이 올지도 모르겠다.
보이는 것만 믿는 것을 현명하다 할 수 없으나
보이는 것이 믿기 쉬운 것은 사실이므로
중생들을 위한 아바타가
하루빨리 시각적으로 표현되기를 바라는 것 또한
부처의 마음이리라.

싯다르타의 발견

메타버스
정신 수업
9

이스라엘의 저명한 역사학자인 유발 하라리가
최근 한 TV 프로그램에서 다음과 같이 말했다.

"내가 역사를 연구하는 이유는
역사로부터 배움을 얻고자 함이 아니라,
역사에서 벗어나고자 함이다.
그래서 나는 명상을 한다."

인생의 목적 또한 이와 마찬가지다.
인생의 목적은 다만 교훈을 얻고자 함이 아니라,
삶에서 해탈하고자 함이다.
이는 수행자만의 몫이 아니다.
모든 사람의 궁극적인 목표가 되어야 한다.
해탈의 끝은 모든 고통에서의 해탈이다.
정말 피하고 싶지만 아무도 피할 수 없는 근본적인 고통이 있다.
그것은 늙고 병들고 죽는 것이다.
싯다르타의 출가 동기도 노환과 죽음에서 벗어나기 위함이었다.

그렇다면 어떻게 해야 이로부터 해탈할 수 있을까?

싯다르타는 일단 기존의 수행자들이 하는 방법을 따라 했다.
먼저 선정을 닦는 집단에 들어가
최고의 경지인 무소유처정無所有處定과
비상비비상처정非想非非想處定까지 도달하기에 이르렀다.
무소유처정은 존재하는 것은 없음을 깨달아
몸이 사라진 경지고
비상비비상처정은 생각이 있는 것도 없는 것도 아닌 상태로,
마음이 사라진 경지다.

몸과 마음 모두 해탈에 다다른 느낌이었음에도
한 가지 문제가 있었다.
그것은 하루 24시간 앉아만 있을 수 없다는 점이다.
때때로 일어나 탁발도 하고, 밥도 먹고, 사람들과 대화도 해야 했다.
그동안 노老·병病·사死는 여전히 진행되고 있는 것이다.
그래서 다른 방법을 찾게 되었다. 바로 고행이었다.

지극한 고행을 통해 거의 죽기 직전까지 이르게 되었지만,
여전히 문제는 해결되지 않았다.
오히려 고행에 빠지면
노·병·사가 더욱 빨리 진행된다는 것을 깨닫게 되었다.

기존의 수행으로는 해탈할 수 없음을 터득한 싯다르타는
결국 자신만의 방법을 찾을 수밖에 없었다.
그것은 의외로 간단했다.
고통에서 벗어나려면 먼저
그 원인을 정확히 파악해야 함에 착안한 것이다.
병을 치료하기 위해 원인을 알아야 하는 것과 마찬가지다.
싯다르타는 노·병·사의 근본 원인이
'태어남'이라는 것을 알게 되었다.
태어났기 때문에 늙음과 병과 죽음이 반드시 따라오는 것이다.
애당초 태어나지 않았다면 늙을 일도, 병들 일도, 죽을 일도 없다.
결국 나의 고통은 내가 있기 때문이라는 것을 깨닫게 된 것이다.
그러므로 나의 고통이 온전히 사라지려면 내가 사라져야 한다.

죽음을 권유하는 것이 아니다.
싯다르타조차 죽음마저 초월하기 위한 고민에서
시작한 방법이었으니까.

그렇다면 산 채로 몸과 마음을 공으로 만드는 방법은 무엇일까?
그것의 시작이 바로 앞서 언급한, 아바타 명상이다.
최근 속세의 유행이 메타버스로 기울고 있다는 사실 역시
고통의 결정체인 '나'를 내려놓으려는 의식과 무의식의
발원인지도 모른다.
새로운 세상 속 '나'를 개발하려는 시도는
원래의 나를 멀찍이 두고 잊어버리는 시도와 유사하기 때문이다.
석가의 깨우침이 이런 식으로 현대에 적용되는 것은 놀랄 만하다.

관점에 따라 바뀌는 세상

살면서 많은 장애물과 부딪힐 때
자신이 한없이 초라하고 어둡고 부족하다는 것을 느낄 수 있다.
그런데 본래 우리는 크고 밝고 충만한 존재다.
단지 그렇다는 것을 잊고 사는 것이다.
만약 당신이 정말로 태어났을 때부터
초라하고 어둡고 결핍된 존재였다면
밝고 크고 충만한 존재로 바뀌는 것이 무척 힘들 것이다.
하지만 인간은 모두 본래 밝고 크고 충만한 존재로 태어났고
지금도 그렇게 살고 있다.
다만 느끼지 못하는 것일 뿐이다.

잊어버린 것과 잃어버린 것은 다르다.
잃어버린 것은 내가 지금 가지고 있지 않은 것이다.
그러나 잊어버린 것은 내가 가지고 있는 것이고
기억하지 못할 뿐이다.
즉 돌이켜보고 관찰하면 되는 것이다.
기억만 하면 된다니 이 얼마나 쉬운 일인가.

당신이 밝고 크고 충만한 존재라고 기억하게 하는 주문이
바로 '마하반야바라밀'인 것이다.

필자가 예전에 지리산에 머물 때,
매일 아침 학인 스님들에게 경전 강의를 하려고
쌍계사 길을 오르락내리락하곤 했다.
그러던 어느 날, 오른쪽 발목을 크게 접질렸다.
한번 발목을 접질리니 나을 만하면 또 접질리고
나을 만하면 또 접질려서, 그것이 오래도록 반복되었다.
하는 수 없이 몇 개월 동안
불편한 다리를 절뚝거리며 생활해야 했다.
다친 데를 또 다친 데다가 걸음이 불편하니
결국에는 짜증이 나기 시작했다.
'참! 나는 재수 없게 다친 곳만 다치는구나'라는 불평이
계속 나를 힘들고 우울하게 했다.
그러다 어느 날, 문득 이런 생각이 들었다.

"어, 그러고 보니 왼쪽 발목은 단 한 번도 다치지 않았네!
그래, 그나마 참 다행이구나. 한쪽은 그래도 멀쩡하니까…….
불편하더라도 절뚝거리며 다닐 수 있지 않은가!
이 발마저 다쳤으면 큰일 날 뻔했는데, 참 고맙구나."

그간 절뚝거리는 발목에 초점을 맞추었을 때는
발목이 언제 나을까 하염없이 기다려도 쉽게 낫지 않았는데
멀쩡한 왼쪽 발에 초점을 맞추고 감사함을 느끼자
어느 순간 오른쪽 발목이 멀쩡해졌음을 깨달았다.

이처럼 보는 관점에 따라, 또 마음가짐에 따라
상황은 180도 달라진다.
사람이 살면서 좋은 일만 생길 수는 없다.
하지만 원망스럽고 짜증 나는 것에 초점을 맞춘다면
분명 계속 원망하고 짜증 날 일만 생길 것이다.
이럴 때 감사할 일에 초점을 맞추는 연습이 필요하다.
이것이 내가 느끼는 행복의 법칙이다.

그러면 어떻게 해야 행복해지는가.

> 만족이 으뜸가는 재산이요,
> 신뢰가 으뜸가는 친척이요,
> 건강이 으뜸가는 이익이요,
> 닙바나가 으뜸가는 행복이네.

불교에서 말하는 진정한 행복은 닙바나(열반)다.
나의 고통은 내가 있기 때문이다.
내 고통이 완전히 없어지려면 내가 없어져야 한다.
이 진리를 알아야 행복의 첫 단추를 끼울 수 있다.
그러나 사람들은 이 진리를 생각하지 않고
언제나 나는 있으면서 고통만 없애고 행복만 오기를 바라고 있다.
그것은 밑 빠진 독에 물 붓기와 다를 바 없다.

부처님께서는 행복의 진정한 의미를 파악하고 행복을 위해
관찰과 보시를 생활화하라 말씀하신다.

관찰을 많이 하면 부처님이 되고
보시를 많이 하면 부자가 되는 것이다.
행복은 미래의 목표가 아니라
현재의 선택이라는 것을 잊지 말아야 하겠다.
행복을 위해 자신의 초점을 바꾸는 연습을 해보자.

수행은 연습이고 생활은 실전이다

우리가 열심히 마음공부를 하고 수행하는 것은
실제 생활에서 다져둔 마음을 잘 쓰기 위해서다.
어떤 분들은 한 달에 몇 번씩 삼천배를 한다.
그런데 막상 표정은 화가 난 사람처럼 늘 인상을 쓰고 다닌다.

"내가 삼천배를 한 달에 네 번씩이나 하는 사람이야."

이렇게 말해봐야 모두 쓸모없다. 헛일이나 다름없다.
삼천배를 운동 삼아서 하는 게 아닌 바에야,
어떠한 수행도 이루어지지 않은 것이다.

대만에 갔을 때의 일이다.
그곳의 불자님이나 스님은 모두 방긋방긋 웃고 다닌다.
얼굴에 미소가 가득하고 친절하다.
보는 사람마다 "아미타바!" 인사하면서
웃는 낯으로 대하는 모습은 우리가 배워야 할 성정性情이다.

어떤 사람들은 세상의 고민을
자기가 온통 지고 있는 사람처럼 표정을 지어 보인다.
그러나 웃고 있는 사람이 진정으로 행복한 사람이다.
웃으며 친절하게 말하는 것이 진정한 수행이다.
이미 웃고 있고, 베풀고 있는데
깨달음이 오면 어떻고, 안 오면 어떠한가.
그들은 이미 지금 여기에서 행복한 자들이다.
꽃이 먼저고 잎이 나중이라는 《화엄경》의 법칙이 이러하다.
삼천배를 하지 않아도, 수행 정진에 애쓰지 않아도
그들은 잘 가고 있는 것이다.

'나는 무엇인가?' '나는 누구인가?' 고민할 필요 없다.
지금 여기에서 행하는 나의 행위가 곧 나다.
실체는 없으므로 행하는 대로 규정된다.
그래서 수행은 연습이요, 생활이 실전이 되는 것이다.

안목을 기른다는 것

만약 내가 신발을 하나 사야겠다 마음먹고 집을 나선다면
무엇이 보이겠는가?
아마 지나다니는 사람들의 신발이 눈에 보일 것이다.
'이 사람이 신은 신발은 어떨까?
저 사람이 신은 신발이 좋아 보이는데!'
신발에 대한 이런저런 생각이 끊이지 않을 것이다.
즉 내가 앞을 바라본다 하더라도 내 눈은
이미 마음의 초점이 가는 곳에 향해 있는 것이다.

그래서 《금강경》에는 다섯 가지 눈이 나온다.
첫째는 육안이다. 육신의 눈은 누구에게나 달려 있다.
육신의 눈으로 볼 수 있는 것들이 있다.
하지만 육신의 눈에 안 보이는 것이 훨씬 많다.
빛을 육안으로 보면 그냥 흰빛으로 보이지만
스펙트럼을 통하면 무지갯빛인 것처럼 말이다.
지금 당신이 보고 있는 빛도 눈에 보이지는 않지만,
무지갯빛인 것을 잊어서는 안 된다.

이렇듯 육신의 눈은 볼 수 있는 게 한정되어 있다.
다음은 천안으로, 천상의 세계를 볼 수 있는 마음의 눈이다.

세 번째는 혜안이다. 혜안은 지혜의 눈이며
색즉시공을 볼 수 있는 눈이다.
'모든 존재가 다 아바타며 정신적 존재건 물질적 존재건
실체가 없고 현상만 있을 뿐이다'라는 것이 혜안의 본질이다.

여기서 한 걸음 더 나가면 법안이다.
법의 안목이 열리는 것으로 이것은 공즉시색이다.
모든 존재는 아바타지만 아바타를 떠나서
다른 것이 있는 것도 아니다.
고정된 내가 없고 어떠한 나도 만들 수 있다는 것이다.
색이란 텅 비어 있는 존재기 때문에 무엇으로든 채울 수 있다.
부처님 성품이 누구에게나 갖추어져 있지만
몸과 마음을 떠나서 따로 있는 것도 아닌 것, 이것이 법안이다.

그렇다면 과연 무엇으로 채울 깃인가.

내가 채우는 것이 바로 나다. 이게 색즉시색이다.

그것이 곧 불안이고 부처님의 안목이다.

부처의 행동을 하면 부처가 되고 구걸을 하면 거지가 된다.

간단명료하지만 실천하기는 어려운, 그것이 부처의 안목이다.

내가 아는 한 스님은 정말 풍채가 훌륭하고 건강했다.

그런데 그 스님을 뵙고 얼마 뒤 돌아가셨다는 소식을 들었다.

믿을 수 없었다. 불과 한 달 전에 뵀을 때만 해도

정말 건강해 보이셨는데…….

원인을 알아봤더니 남미의 안데스산맥에 등산 갔다가

고산병으로 돌아가셨다는 것이었다.

그때 깨달았다.

'육신은 정말 믿을 것이 안 되는구나.'

'이것을 내 몸이라고 생각하고 살았다가는 낭패구나.'

관리는 해야겠지만 소유할 필요가 없었다.

만약 내가 어떤 건물의 주인인데
누군가 뜻하지 않게 갑자기 건물을 떠나라고 하면
얼마나 기막히고 억울하겠는가.
하지만 내가 건물의 주인이 아닌 관리자가 되었을 때
누군가 떠나라고 한다면 홀연히 떠날 수 있다.
나는 내 몸의 주인이 아니라 관리자다.
이 안목에 이르기 위해 고민하고 또 수행하는 것이다.

내 안의 분노 바라보기

분노는 참으면 병이 되고, 터뜨리면 업이 된다.
지나치게 통제되거나 지나치게 방임된 화火는
기어코 화禍에 닿게 된다.
허나 꾸준히 바라보면 사라진다고 했다.
앞에서 실상무상實相無相에 입각한 자비가
최상의 깨달음에 이르는 지름길임을 일렀다.
다음은 내 안의 화를 응시하는 초심자의 방법에 대하여
구체적으로 소개하고자 함이다.

1. 그대가 화를 낼 때, 무엇에 대하여 화를 내는가 생각해보라

사람에 대하여 화를 내는가? 욕망의 무더기에 대하여 화를 내는가?
화를 내는 대상이 정의되었다면 다시 한번 스스로 물어보라.
그것은 그대의 에너지를 받을 만한 자격을 갖추고 있는가?
그것은 당신의 화에 대해 긍정적으로 반응할 것인가?
그 대상이 혹여 머리털에 대하여 화를 내는 것과 다르지 않은가?
몸털, 손발톱, 이빨, 살갗에 대하여 내는 것과는?

2. 지금 그대는 누구에게 화를 내는가?

대상에게 고통을 주려 해도 대상이 없다면
누구에게 고통을 주겠는가?
그대의 존재가 바로 고통의 원인이거늘
무엇 때문에 화를 내는가?
성찰에 이르면 당신의 화는 결국
어디에도 가닿지 않는다는 것을 깨우치리라.

3. 자애삼매慈愛三昧를 닦기 위해서는 자기 자신부터 시작한다

자신이 가장 행복했던 순간을 떠올린다.
눈을 감고 떠올린 자신의 모습을 바라보며 반복해 외어본다.

"내가 어려움, 고통, 번민에서 벗어나기를!
내가 건강하고 행복하기를!"

4. 존경하거나 좋아하는 사람이 가장 행복했을 때의 이미지를 연상한다

어른거리는 그 이미지가 전면에 분명히 보일 때,
다음과 같이 그 사람을 향해서 자애심을 닦는다.

"그가 어려움, 고통, 번민에서 벗어나기를!
그가 건강하고 행복하기를!"

5. 경계 허물기를 연습한다

계속 자애심을 닦으면서 중립적인 사람,
미워하는 사람들로 영역을 확장해나간다.

"모든 남성, 여성, 동물, 나아가 지금 이 우주에 있는
모든 존재들이 건강하고 행복하기를!"

자애 수행을 닦으면 열한 가지 이익이 기대된다고 한다.

편안하게 잠들고, 편안하게 깨어나고, 악몽을 꾸지 않고,
사람들이 좋아하고, 인간 아닌 자들도 좋아하고, 신들이 보호하고,
불이나 독이나 무기가 영향을 미치지 못하고,
마음이 쉽게 삼매三昧에 들고, 얼굴빛이 밝고,
혼란 없이 죽고, 범천에 태어난다.
하지 않을 이유가 없는 수행이겠다.

웃으면 웃을 일이 생긴다

스님들이 잘 쓰는 말 중에 삼소三笑가 있다.
말 그대로 세 번 웃는다는 뜻인데, 무엇 때문에 웃을까?

첫째는 삭발의 즐거움이다.
삭발하는 날 면도기로 머리카락을 깔끔하게 잘라내고 나면
잠시나마 번뇌를 모두 제거한 기분이 든다.
그래서 머리카락을 무명초無明草라 부르는 것이 아닐까?

둘째는 삭발 후 풀 먹인 옷을 입는 기분이 또한 그만이다.
옷을 빨고 말려 새로 풀을 먹이고 반듯하게 다려서 입으면
마음 또한 정갈하고 반듯해진 느낌이 든다.
걸어갈 때 옷감에서 나는 사각사각 소리가 정겹기 짝이 없다.

셋째는 국수 먹는 기쁨이다.
절에서 국수는 별식이다.
매일 '그 나물에 그 밥'만 먹다가
일주일 혹은 열흘에 한 번씩 먹는 국수는 별미가 아닐 수 없다.

필자도 출가 이전에는 국수를 별로 좋아하지 않았지만,
출가하니 좋아하지 않을 수 없게 된다.
국수 싫어하는 스님은 거의 못 본 것 같다.

글을 쓰는 즐거움도 소소하지만 확실한 행복이다.
여기저기서 들어오는 원고 요청에 응해
밤늦게나 새벽 일찍 글을 쓰고,
다음 날 다시 읽어보며 스스로 감탄을 금치 못한다.
'이거 정말 내가 쓴 거 맞나?' 혹은
'내가 썼지만 정말 잘 썼구먼!' 하면서 자화자찬하는 경우도 많다.
물론 구겨버리는 것도 적지 않다.
그러나 지금 이 순간도 즐겁기 짝이 없다.
얼굴 가득 미소를 머금고 글을 쓰니 기쁨이 확실하다.

또 방송이나 강의를 하면서 종종 구체적인 감사 인사를 받는 것도
참으로 소소하지만 확실한 행복이다.
'불교가 무엇인지 막연했는데 제대로 알게 되었다'거나

'자못 부정적이던 마음이 긍정적으로 변하였다' 또는
'인생이 바뀌었다'는 등의 인사를 받으면
기쁘다 못해 뿌듯하기까지 하다.

사실 수행자로서는
숨 쉬면서 느끼는 행복도 일종의 '소확행'이 아닐까 싶다.
특히 '숨 보기 수행'은 살아서 숨을 쉬어야 할 수 있는 것이고,
죽으면 할 수 없기에 그 자체로 생명의 환희까지도 느낄 수 있다.
방법은 아주 간단하다.
입은 다물고 코로 숨을 쉬면서 마음을 코 밑에 집중한다.
숨을 들이쉴 때 '들이쉰다', 내쉴 때 '내쉰다'라고
마음속으로 염해주면 된다.
꾸준히 하다 보면 마음이 평온해지면서 생명의 약동을 느낄 수 있다.

몸과 마음을 관찰하는 것도 누구나,
언제나 달성할 수 있는 소확행이다.
일단 불안, 초조, 우울 같은 증세를

완화하거나 없애주는 대증요법이 있고,
나아가 그 근본 원인을 찾아내 치유하는 근원 치유가 있다.
이때 마음의 대증요법은 '대면 관찰'이며,
근원 치유는 '마하반야바라밀'이다.

현재의 몸과 마음을 대면 관찰하는 단계에서 한 걸음 더 나아가,
원하는 몸과 마음을 그리도록 하자.
예컨대 몸이 아프면 불편한 부위가 편해지는 모습을
구체적으로 그리는 것도 좋다.
또한 주위 사람들에게 무언가 베푸는 자신의 모습을 그리면
마음이 충만해진다.
화가 날 때는 단순히 관찰하는 데서 그치지 않고
포대화상처럼 자비스런 미소를 띠고 있다고 떠올린다.
웃을 일이 생겨서 웃는 것은 누구나 할 수 있다.
하지만 먼저 웃음으로써
웃을 일이 생기게 만드는 것은 주인공만 할 수 있다.
그러니 웃자. 웃을 일이 생길 것이다.

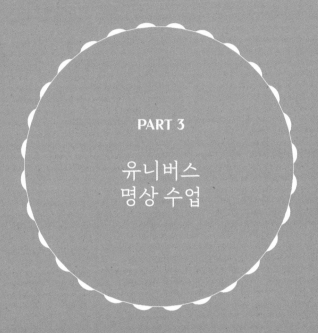

PART 3

유니버스
명상 수업

명상 래퍼 김하온의 마음 관찰법

태국에서 동굴에 갇혔다가 구조된 소년들이
9일간 단기출가했다는 뉴스를 보았다.
이들은 동굴에 갇힌 동안
과거에 출가 경험이 있는 코치의 지도에 따라
불교식 명상을 했다고 한다.
명상은 마음을 차분히 가라앉혀
쓸데없는 에너지 소모를 줄이고 두려움을 덜어준다.
또한 마음의 여유를 가질 수 있게 한다.
그러므로 이 명상은 17일간이나 동굴에 갇혀
생사가 위태로운 상황에서
안정을 되찾는 데 큰 도움이 되었을 것이다.

몇 달 전에는 〈고등래퍼2〉라는 프로그램에서 우승한
래퍼 김하온이 자신의 취미를 '명상'이라고 말해서
큰 관심과 주목을 받았다.
'명상 래퍼'라는 별명이 붙은 그는
직접 쓴 가사에 "거울 보는 듯한 삶. 관찰하는 셈이지,

이 모든 걸"이라는 선적인 내용을 넣었다.
아울러 그는 내면의 평화를 찾는 방법으로
배우이기보다 감독의 입장에서
자신의 관찰자가 되는 것을 꼽기도 했다.

우리는 모두 자신의 인생이라는 연극무대의 배우이기도 하지만,
때로는 감독이 될 수도 있다.
감독이 되면 배우의 역할을 바꿀 수도 있고,
배우 자체를 바꿀 수도 있다.
이것을 가능하게 만드는 것이 바로 명상이다.

그가 전하는 명상법은 매우 간단하다.
첫째, 똑바로 앉고 눈을 감는다.
둘째, 숨을 깊게 들이쉬고 내쉬면서
어디로 숨이 들락날락하는지 느껴본다.
이것이 끝이다. 이는 명상법에서도 기본 중의 기본이다.
몸과 마음을 관찰하기에 앞서 자신의 숨을 관찰하는 것이다.

이것은 또한 석가세존께서
아들인 라홀라에게 가르쳐주신 수행법이기도 하다.

"라홀라여, 들숨과 날숨에 대한 마음 챙김을 닦아라…….
마음을 챙기면서 숨을 들이쉬고 마음을 챙기면서 숨을 내쉰다.
길게 들이쉬면서는 길게 들이쉰다고 꿰뚫어 알고,
길게 내쉬면서는 길게 내쉰다고 꿰뚫어 안다.
짧게 들이쉬면서는 짧게 들이쉰다고 꿰뚫어 알고,
짧게 내쉬면서는 짧게 내쉰다고 꿰뚫어 안다."

라홀라는 석가라는 아버지이자 큰 스승에게 배웠지만,
김하온은 누가 가르쳤는지 몰라도 명상에서 지혜를 길어 올렸다.
청년들에게 꿈과 희망을 전해주려 하는 오늘날의 사회지만
그보다 먼저 명상을 선물하고 싶다.
명상을 통해 안정을 되찾아야만,
그 이후에 더 나은 정진이 있으리라 믿는다.
이 시대에 김하온 같은 청년들이 더 늘어나기를 기원한다.

돈 버는 명상?

최근 호주에 명상 투어를 다녀왔다.

말로만 듣던 호주 땅을 직접 밟아보니 과연 장대했다.

드넓은 평원과 바다, 산과 강,

푸른 하늘과 구름이 끝없이 펼쳐져 있었고

가는 곳마다 공기가 청정하여 부럽기 짝이 없었다.

특히 온통 유칼립투스로 뒤덮인 블루마운틴에 가보니

가슴이 탁 트이는 전망과 함께 더욱 맑은 공기를 느낄 수 있었다.

유칼립투스는 몸통이 곧고 키가 큰 상록수로 원산지가 호주며

'시드니 페퍼민트'라고 불릴 정도로 향이 강하여

비염이나 감기, 기관지염, 천식 등에 탁월한 효과를 보인다고 한다.

이러한 유칼립투스가 빽빽이 들어찬 블루마운틴 지역은

호주는 물론 세계에서도 손꼽힐 정도로 공기가 맑다.

바로 그 블루마운틴에서 필자는 케이블카를 기다리며

호흡 명상을 하고 있었다.

저 뱃속까지 청정한 공기를 들이쉬며 반복해서 염했다.

공기를 아랫배까지 들이쉰다고 연상하면서

아랫배가 일어나면 '마하반야'라고 외고,
다시 공기가 아랫배부터 코로 올라온다고 연상하면서
아랫배가 들어가면 '바라밀'이라고 외는 것이다.

그때 문득 중국 부호들이
이 공기를 수입해 사서 마신다는 가이드의 설명이 들렸다.
그렇다면 지금 이 공기를 마신다는 건
돈을 벌고 있는 것과 다름없지 않은가?
숨 한 번 쉴 때마다 돈을 벌고 있는 것이로구나!

그때부터 숨을 깊숙이 들이쉬며 아랫배가 일어날 때 '일',
천천히 공기를 내쉬며 아랫배가 들어갈 때 '만 원'이라고 염했다.
다시 들이쉬며 아랫배가 일어날 때 이,
천천히 내쉬며 아랫배가 들어갈 때 만 원,
다시 들이쉬며 삼, 내쉬며 만 원······.

이런 식으로 청정하기 짝이 없는 공기를 들이쉬고 내쉴 때마다
한 호흡 당 만 원씩 벌고 있다고 염하는 것이다.
다만 도중에 잡념이 들거나 멍해져서 숨을 한 번이라도 놓치게 되면,
다시 '일만 원'부터 시작해야 한다.
이를 '돈 버는 명상'이라고 이름 붙였다.

일행들에게도 이러한 방법을 소개하며 실행해보도록 하니,
다른 명상보다 훨씬 집중이 잘 된다는 증언이 쏟아졌다.
집중력도 높이고 잡념을 없애서 명상 초보자들에게 가장 적합하다.
돈 버는 명상, 한 번에 얼마까지 셀 수 있을지
여러분도 도전해보시라.

원숭이가 살아남는 법

인도네시아 원주민들은 맨손으로 손쉽게 원숭이를 잡는다.
사람보다 훨씬 민첩하고 나무도 잘 타는 원숭이를
어떻게 맨손으로 잡을 수 있을까?
그 비결은 아주 간단하다.

먼저 원숭이가 사는 지역의 큰 나무의 옹이나 단단한 흙더미에
원숭이의 손이 겨우 들어갈 만한 작은 구멍을 낸다.
그리고 그 구멍 속에 원숭이가 좋아하는 먹이를 넣어둔다.
음식 냄새를 맡은 원숭이는 호기심을 참지 못하고
구멍으로 다가와 손을 넣는다.
그리고 그 음식을 꽉 쥔 채로 손을 빼려고 하지만
손은 빠지지 않는다.
멀리 숨어 지켜보던 사람이 슬슬 다가가도
발버둥만 칠 뿐 주먹 쥔 손은 절대 풀지 않는다.
그렇게 제자리에서 아등바등하는 원숭이에게
다가가 목에 줄을 걸면 그만이다.

이 원숭이가 사람에게 잡히는 위험에서 벗어나려면
어떻게 해야 할까?
여기 네 가지 선택지가 있다.

① 운명이라고 생각한다. 손이 저절로 빠질 때까지 무작정 기다린다.
② 신에게 기도한다. 제발 내 손이 빠지게 해달라고.
③ 극단적 방법을 취한다. 손목이나 팔을 자른다.
④ 원인을 분석한다. 먹이를 놓고 손을 뺀다.

①을 택했다면 숙명론자다.
미래는 운명에 의해 이미 결정되었으며,
변화하지 않는다고 보는 것이다.
②를 택했다면 당신은 신의설을 굳게 믿는 사람이다.
세상은 신의 뜻에 의해 움직인다고 믿는 것이다.
결국 손이 빠지는 것도 신의 뜻이요, 빠지지 않는 것도 신의 뜻이다.
그러므로 당신이 할 수 있는 것은 오직 신에게 구걸하는 것뿐이다.
③을 택했다면 당신은 극단주의자다.

고행이나 쾌락을 통해 문제를 해결할 수 있다고 보는 입장이다.
정답으로 ④를 택했다면 당신은 진정한 불교인이다.
불교의 핵심인 인과설을 꿰뚫고 있기 때문이다.

아마도 이 문제와 선택지를 본 사람들은 대개
주저 없이 ④를 답으로 택할 것이다.
하지만 상황을 조금 바꾼다면 답변은 달라진다.
너무나 당연한 내용 같지만 의외로 실행하기는 쉽지 않기 때문이다.
당신이라면 과연 '먹이'로 대표되는 물질을, 성과를
쉽게 포기할 수 있을까?
당장 먹이를 놓으라고 하면,
아마도 원숭이는 이렇게 생각할지 모른다.

'그럼 나보고 굶어 죽으란 말이야?'

허나 먹이를 놓는다고 당장 굶어 죽는 것은 아니다.
오히려 먹이를 놓지 않으면 곧바로 잡혀 죽을 확률이 높다.

일단 위험을 피하고 다른 먹이를 찾는 것이 현명하다.
먹이를 놓고 손을 빼려면 사태를 제대로 파악하는 지혜가 필요하다.
원숭이는 다만 이러한 지혜가 없어 먹이를 놓지 못할 뿐이다.

욕심을 버리는 지혜는 어디서 오는가?
지혜는 꾸준한 수행을 통해서 계발된다.
욕심이 생겨날 때는 그 욕심을 내 것이 아닌 듯,
영화를 보듯, 강 건너 불구경하듯 물끄러미 관찰하면 된다.
그 새삼스러운 관찰에서 지혜는 솟아오르게 되어 있다.

실체가 없되 현상이 있다

천국과 지옥은 실제로 존재할까?
스님이 웬 뚱딴지같은 소리냐고 물을 수 있겠지만
충분히 고민해볼 만한 주제다.
지혜의 눈인 색즉시공의 안목으로 보면,
모든 존재는 실체가 없다.
고정된 몸도 없고 마음도 없으며, 고정된 나도 없고 너도 없다.
그러므로 당연히 천당도 없고 지옥도 없다.
그런데 여기 다른 주장을 하는 선사가 있다.

어느 날, 서당 지장선사에게 한 선비가 와서 물었다.

"천당과 지옥이 있습니까?"
"있다."
"불보·법보·승보도 있습니까?"
"있다."

그밖에도 여러 가지를 물으니 선사는 모두 있다고 대답했다.

선비가 말했다.

"스님의 말씀은 틀리지 않습니까?"
"왜 그런가?"
"경산 스님은 모든 것이 없다고 했습니다."

이에 선사가 물었다.

"그대는 부인이 있는가?"
"있습니다."
"경산 화상은 처가 있는가?"
"없습니다."
"그렇다면 경산 화상이 없다고 한 것이 옳구나."

경산 스님은 천당과 지옥이 모두 없다고 했으나,
지장선사는 천당과 지옥이 모두 있다고 했다.
누가 옳고 누가 그른 것인가?

실체로 보자면 모두 없지만, 현상으로 보자면 모두 있다.
결국 무와 유, 옳고 그름은 입장과 안목에 따라서 달라지는 것이다.

법의 눈인 공즉시색의 안목으로 보면,
모든 존재는 실체가 없되 현상으로 있는 것이다.
몸도 있고 마음도 있으며, 나도 있고 너도 있다.
그러므로 천당도 있고 지옥도 존재한다. 다만 현상으로써.
현상을 무시하면, 현상도 나를 무시한다.
그러므로 현상을 무시해서도 안 되고 매여서도 안 되는 것이다.
이 균형을 잘 살리는 것이 중요하다.
다음의 일화가 당신에게 작은 실마리를 줄 것이다.

문수보살이 어느 날 선재동자에게 말했다.

"약 아닌 것을 캐 오너라."
"산중엔 약 아닌 것이 없습니다."
"그러면 약이 되는 것을 캐 오너라."

선재가 땅 위에서 한 줄기 풀을 아무렇게나 집어 문수에게 주니,
문수가 받아든 뒤 대중에게 보이며 말했다.

"이 약이 사람을 죽이기도 하고, 살리기도 하리라."

독초가 약초다.
다만 어떻게 쓰느냐에 따라 달라질 뿐이다.

의젓한 동그라미

서산대사의 《선가귀감》은 이렇게 시작한다.

여기 한 물건이 있는데, 본래부터 한없이 밝고 신령스러워
일찍이 나지도 않았고 죽지도 않았다.
이름 지을 길 없고 모양 그릴 수도 없다.

여기에 서산대사 스스로 다음과 같이 주석을 달았다.

한 물건이란 무엇인가?
'○'
옛 부처님 나기 전에 의젓한 동그라미,
석가도 아직 모르는데 가섭*이 어찌 전하랴?

이 동그라미는 부처님 나기 전에도 있었고,
부처님 가신 후에도 있는 것이다.

*
석가모니의 10대 제자 중 한 사람.

다만 분별로 알 수 있는 것이 아니기에
'석가도 아직 모르는데, 가섭이 어찌 전하랴'라고 한 것이다.

어떤 현상이 생기고 사라지는 법칙과 관례를 설명한
십이연기설十二緣起說의 시초는 무명無明이다.
무명이란 '홀연히 일어난 한 생각'을 말한다.
무명이 일어나기 이전 자리에 바로 명明이 자리하고 있으며,
이것이 바로 '한 물건'이자 '의젓한 동그라미'다.
한 생각을 일으키기도 전에 있던 밝은 자리이기 때문에,
본래부터 한없이 신령스러우며
일찍이 나지도 않았고 죽지도 않았다고 하는 것이다.

이 한 물건은 이름을 지을 길 없고 모양도 그릴 수 없다고 했는데,
하필 왜 동그라미인가? 꼭 동그라미로 표현해야 하는 것인가?
사실 어떤 이름으로 불러도 상관없고
어떤 모양으로 그려도 상관없다.
하필 동그라미를 그려 사람들을 착각에 빠지게 한 것이다.

다만 추측하건대 그려진 동그라미를 통해
'보름달'의 이미지를 떠올리면
이해가 쉬우리라는 서산대사의 큰 뜻이었으리라.
보름달로 그리건 초승달로 그리건 반달로 그리건,
보름달이라 부르건 초승달이라 부르건 반달이라 부르건 상관없다.
결국 달은 그냥 둥글 뿐이다.

서산대사의 입장은 다음으로 요약된다.

教外別傳不立文字
교외별전불립문자
直指人心見性成佛
직지인심견성성불

경전 밖에 따로 전하여 문자를 세우지 않는다.
곧바로 사람의 마음을 가리켜 성품을 보아 부처를 이룬다.

이는 분별을 초월한 직관을 중시하는 뜻이다.

결국 '한 물건' '○' '명'이 의미하는 바에 닿을 수만 있다면,

부처는 공평하게 자리할 것이다.

삶은 디테일으로부터

1. 무계획이 계획인가?

영화 〈기생충〉에서 과외 교사가 되기 위해
대학 재학증명서를 위조하면서,
아들 기우는 아버지 기택에게 이렇게 말한다.
"저는 이게 위조나 범죄라고 생각 안 해요.
저는 내년에 이 대학 꼭 갈 거거든요."
그러자 기택은 말한다.
"역시 너는 계획이 다 있구나?"

사업에 실패하고 택시를 운전하며
근근이 연명하고 있는 기택에게 더 이상 계획이란 없다.
지금까지 계획대로 해서 성공한 적이 없었기 때문이다.
그래서 그는 말한다.

"절대 실패하지 않는 계획이 뭔지 아니?
무계획이야, 무계획. 노 플랜!

왜냐? 계획을 하면 반드시 계획대로 안 되거든, 인생이…….
그러니까 계획이 없어야 돼, 사람은!
계획이 없으니까 뭐 잘못될 일도 없고,
또 애초부터 아무 계획이 없으니까 뭐가 터져도 다 상관없는 거야.
사람을 죽이건, 나라를 팔아먹건, 다 상관없단 말이지!"

결국 계획대로 되는 일이 없는 세상에 적응한 기택은
그저 하루 벌어 하루 먹고사는 인생일 뿐이다.
그에게도 한때 꿈과 야망이 있었을 것이다.
하지만 세상을 살아가면서 헛된 꿈과 야망이야말로
공허하기 짝이 없음을 깨달은 것이다.
그러나 그의 아들은 아직 젊다.
그래서 영화의 말미에 기우는 박 대표를 죽이고
대저택 지하실에 숨어 사는 아버지를 향해 다시 말한다.

"아버지, 저는 오늘 계획을 세웠습니다. 근본적인 계획입니다.
돈을 벌겠습니다. 아주 많이.

돈을 벌면 이 집부터 사겠습니다.

이사 들어간 날에는 저랑 엄마랑 정원에 있을게요.

햇살이 워낙 좋으니까요.

아버지는 그냥 계단만 올라오시면 됩니다."

과연 기우는 이 계획대로 대저택을 사서

아버지를 구해줄 수 있을까?

기택은 계단을 올라올 수 있을까?

어찌해야 기생충이라고 묘사되며 빌붙어 사는 삶에서 벗어나

부유층으로 올라올 수 있을까?

2. 빈부의 원인

빈곤층에서 벗어나 부유층으로 오르려면

빈부의 원인을 알아야 한다.

원인을 알아야 처방이 나오기 때문이다.

그렇다면 빈부의 근본 원인은 무엇일까?

이에 대하여《앙굿타라 니카야》에서는
이렇게 서술하고 있다.

말리카 왕비가 세존께 묻고 있다.

"세존이시여, 무슨 원인과 무슨 조건 때문에
여기 어떤 여인은 용모가 못생기고 가난하며, 영향력이 적습니까?
세존이시여, 무슨 원인과 무슨 조건 때문에
여기 어떤 여인은 용모가 잘생기고,
게다가 부유하고 영향력이 많습니까?"

이에 세존께서 답하셨다.

"말리카여, 여기 어떤 여인은 성미가 급하고 격렬하다.
분노와 성냄과 불만족을 거침없이 드러낸다.
그리고 그녀는 수행하는 이들에게
음식과 옷 등을 보시하지 않는다.

게다가 그녀는 질투심을 가졌다.

그녀는 거기서 죽어서 현재의 이러한 상태로 다시 오게 되나니,

태어나는 곳마다 용모가 못생기고 가난하며, 영향력이 적게 된다.

말리카여, 여기 어떤 여인은 성을 잘 내지 않고,

분노와 성냄과 신랄함을 드러내지 않는다.

게다가 그녀는 수행하는 이들에게

음식과 옷 등을 보시한다.

그리고 그녀는 질투심을 가지지 않았다.

그녀는 거기서 죽어서 현재의 이러한 상태로 다시 오게 되나니,

태어나는 곳마다 용모가 잘생기고 부유하며, 영향력이 많게 된다."

요컨대 미추美醜의 원인은 분노에,

빈부의 원인은 보시에,

영향력의 원인은 질투에 달려 있다는 것이다.

결국 과거에 보시를 많이 행한 이는 부유하고 재산이 많으며,

보시하지 않은 이는 가난하고 소유물이 적은 것이다.

3. 가난을 팔아라

경전의 내용에 따르자면, 결국 가난에서 벗어나기 위해선
지금부터라도 보시바라밀을 닦는 수밖에 없다.
하지만 무언가 베풀려면 가진 게 있어야 하는 것 아닌가?
보시는 부자들이나 하는 것이라 생각할 수도 있다.
그러나 이런 생각에 머무르면 결코 가난에서 벗어날 수 없다.
구걸하는 마음을 연습하면 거지, 종이 되고
베푸는 마음을 연습해야 부자, 주인이 될 수 있는 것이다.
재물에 걸림이 없으려면 재물의 인과에서 해탈해야 한다.
그러려면 일단 생각을 고쳐먹어야 한다.
그럼에도 불구하고 베푸는 것이다.

석존의 10대 제자인 마하가전연 존자는
탁발을 나갔다가 우물 옆에서 슬피 울고 있는 한 노파를 발견했다.
문득 고향에 계신 어머니가 떠올라
노파에게 다가가 연유를 물으니,

젊은 주인 밑에서 온갖 박대를 받으며 사는
자신의 신세가 한탄스러워 울고 있다는 것이었다.
이에 존자가 말했다.

"그렇다면 가난을 파시지요."
"네? 가난을 팔라고요? 그런 것도 팔고 살 수가 있나요?"
"네, 제가 사겠습니다."
"가난을 팔려면 어떻게 해야 하나요?"
"보시하셔야 합니다."

이 말을 들은 노파는 순식간에 실망하였다.

"보시라니요. 늙은 몸이 겨우 입에 풀칠이나 하고 사는데,
무엇이 있다고 보시를 하라는 겁니까?"
"할머니, 물 한 그릇 얻어먹을 수 있습니까?"
"그거야 여기 물이 있으니 얼마든지 드리겠소."

노파가 떠준 물을 맛있게 마신 존자는 다음과 같이 말했다.

"지금 할머니가 겪고 있는 가난과 고통은
다 과거에 남의 물건에 욕심만 낼 줄 알고
베풀기를 싫어했기 때문입니다.
보시라는 것은 정성 어린 마음을 베푸는 것입니다.
이것이 바로 가난을 파는 것입니다.
지금부터는 한탄과 원망을 그만하고
틈나는 대로 부처님을 염하십시오."

이후 존자의 말을 그대로 실행한 노파는
얼마 뒤 죽어서 도리천에 오백 명의 천녀를 거느린
천신으로 태어났다고 한다.
이것은 우연일까, 필연일까?

4. 계획의 달인, 봉테일

한국 영화 〈기생충〉이 아카데미 영화제 작품상을 비롯한
각종 상을 휩쓸게 된 것은 결코 우연이 아니다.
봉준호 감독이 조감독이던 시절,
당시 무명 배우였던 송강호 씨에게 이런 문자를 보냈다고 한다.

"오디션을 봤던 영화의 조감독입니다.
좋은 연기 정말 감명 깊게 봤습니다.
하지만 이번에는 맞는 배역이 없어서
같이 작업하지 못할 것 같습니다. 정말 죄송합니다.
언젠가 좋은 기회가 오면 꼭 다시 뵙고 싶습니다."

그로부터 오 년 후, 이제는 제법 유명해져
섭외가 어려워진 송강호 씨에게
혹시나 하는 마음으로 출연 제의를 한 봉 감독은
그에게 이런 답변을 들었다.

"이미 오 년 전, 출연하기로 했습니다."

이처럼 타인을 알아주고 정성껏 배려하는 푸근한 인성과
세심하기 짝이 없는 천재적 능력이 합쳐져
최고의 작품을 만든 것이 아닐까?
〈설국열차〉에 출연한 크리스 에반스는 이렇게 말했다고 한다.

"봉준호 감독 머릿속엔 완벽한 편집본이 들어 있다.
(다른 감독들처럼) 찍고 편집하는 게 아니라,
머릿속의 편집본대로 찍는다."

대부분 영화는 미리 찍고 나중에 편집을 하는데,
봉 감독은 사전에 머릿속에 생각해둔 내용대로 영화를 찍기 때문에
시간적·공간적 낭비가 없어 배우는 물론 스태프들도 좋아한다고.
심지어 영화의 디테일한 부분까지
직접 그림으로 그려 출연진에게 보여주니,
더욱 리얼하게 연기에 임할 수 있는 것이다.

봉 감독은 앞서 기택의 입을 통해 무계획의 계획을 이야기했지만,
사실 계획의 달인인 것이다.
아들 기우의 계획은 무모한 계획이었고,
아버지 기택은 무계획이 계획이었지만,
봉 감독의 계획은 그림으로 그려진 디테일한 계획이었다.
이러한 디테일이 결국 걸출한 작품을 만들어낸 것이다.

《화엄경》에서는 이렇게 설한다.

　마음은 마치 화가와 같아서 능히 모든 세간을 그려낸다.
　일체가 이 그림에서 생겨나, 무엇이든 만들어낸다.

결국 인생의 성공은 막연히 바란다고 이루어지는 것이 아니라,
그림을 디테일하게 그려야 이루어지는 것이다.
막연히 부자가 되기를 바라며, 아무 계획 없이 살면서
언젠가 부자가 될 날이 올 것이라고 기대해서는 안 된다.
오히려 가난을 팔고 있는 자신의 모습을,

진리를 깨우친 자신의 모습을 디테일하게 그리면서
차근차근 보시를 실천하고 수행을 다져나가는 것이
진짜 부자가 되는 지름길이다.

나의 천적은 누구인가?

지리산 국사암에는 두꺼비가 여러 마리 산다.

낮에는 어디엔가 숨어 있다가

저녁나절 엉금엉금 그 모습을 나타내기 시작한다.

두꺼비가 이처럼 귀여운지 예전엔 미처 몰랐다.

껍질이 약간 우툴두툴한 것도 그렇고,

전체적인 모습이 복스럽고 오동통하니

자꾸만 손으로 잡아보고 싶은 충동을 일으킨다.

엉금엉금 기어가는 모습을 보고 있으면

저절로 웃음이 나올 정도다.

떡두꺼비 같은 아들을 낳기 바라던

옛 어른들의 마음이 절로 이해가 간다.

예쁘지는 않지만 투박한 귀여움이랄까, 그런 것이 느껴진다.

그래서 한동안 가던 걸음을 멈추고

두꺼비를 쳐다보고 있는 일이 하나의 즐거움이 되었다.

하루는 저녁 공양을 마치고

마당 입구에 있는 사천왕 나무 아래에 가보니
두꺼비 두 마리가 약간 떨어져 마주 앉아 있었는데,
그 복판에 왕개미 수십 마리가 우글거리고 있었다.
아마도 먹이를 찾아 모여든 것 같았다.
왕개미들이 먹이에 정신이 팔려 왔다 갔다 하는 사이에
양쪽에 있는 두꺼비들은 자신의 앞쪽으로 다가오는 왕개미들을
한 마리 한 마리 먹어치우고 있었다.

평상시에는 그토록 느릿느릿해 보이던 두꺼비지만
먹이를 낚아챌 때만큼은 완전히 다른 모습을 보여준다.
기다란 혓바닥이 순간적으로 나왔다 들어가는데,
놀랄 정도로 빠르다.
보지 않은 사람은 실감이 나지 않을 것이다.
그러고 나서 언제 그랬느냐는 듯이
능청맞게 앉아 있는 모습이란…….
얼마 되지 않는 짧은 시간 동안에
왕개미의 숫자가 거의 반으로 줄어들고 있었는데,

개미들은 이러한 상황을 아는지 모르는지
자기 먹이에만 몰두하고 있을 뿐이었다.

그런가 하면, 한번은 마당에서
두꺼비를 물고 있는 뱀을 본 적이 있다.
입 언저리를 물린 두꺼비는 숨이 막혀서인지
사지를 쫙 뻗은 모습으로 뱀에게 먹히고 있었다.
몸통 둘레가 얼마 되지 않는 뱀이
어떻게 저렇게 큰 두꺼비를 삼킬 수 있을까 궁금했는데,
천천히 조금씩 조금씩 물어 들어가 결국은 다 삼켜버렸다.

이렇게 두꺼비를 잡아먹는 뱀은 나에게 잡힌다.
기다란 집게로 목덜미를 꽉 잡아
저 아래 사람이 없는 계곡 밑으로 내려보낸다.
그러니까 왕개미의 천적은 두꺼비,
두꺼비의 천적은 뱀,
그리고 뱀의 천적은 나인 셈이다.

그렇다면 나의 천적은 무엇일까?

아마 '먹이'로 빗대어지는 사소한 탐욕에 대한 몰두가 아닐까.

스스로 개미를 빤히 쳐다보는 두꺼비처럼 굴진 않는지,

두꺼비를 먹으려다 쫓겨나는 뱀이 되진 않는지

늘 경계할 따름이다.

내가 선택한 내 작품

한국의 선종에서 많이 드는 화두는 시심마是甚麼로,
'이것이 무엇인가?'다.
예컨대, '이 몸뚱이를 끌고 다니는 이것이 무엇인가?'
혹은 '마음도 아니요, 물건도 아니요,
부처도 아닌 이것이 무엇인가?' 묻는 것이다.
스스로 성불하기 위한, '참나'를 찾기 위한 질문이다.

'참나'를 찾기 위한 첫 생각이 곧 무아다.
고정된 실체로서의 나는 없다.
고정된 실체로서의 내가 없기 때문에, 어떠한 나도 만들 수 있다.
그것이 곧 대아다.
그럼 어떠한 나를 만들 것인가? 내가 선택한다. 내 작품이다.
그 결과가 바로 지금의 나다.
즉 바로 지금의 나, 시아다.
비로소 '참나'를 발견한 경지다.

초기 불교의 수행은 몸과 마음을 관찰하여

무아를 터득하는 데 집중한다.

몸과 마음의 변화를 관찰하며,

모든 현상은 변화한다는 법칙만이 변하지 않음을 깨닫는 것이다.

고정된 실체가 없다고 하는 무아의 입장에서 보면,

산도 없고 물도 없다.

이것도 없고 저것도 없다.

산이니 물이니 하는 것도 끊임없이 변화하기에

고정된 실체로서의 산도 없고 물도 없는 것이다.

이것이 바로 섭용귀체攝用歸體의 개념이다.

여기서의 용用은 몸과 마음의 작용을 뜻하고,

체體는 진리로서의 본성을 뜻한다.

몸과 마음을 다스려 진리로 돌아가는 것이다.

대승불교에서는 종체기용從體起用을 설하고 있다.

모든 사물이 근본에서 비롯하여 각각의 쓰임이 생겨난다는 뜻이다.

대아의 입장에서 보면, 산도 공하고 물도 공한 것이다.

모두가 한 뿌리이므로 이것이 저것이 되고, 저것이 이것이 된다.
뽕나무 밭이 변하여 푸른 바다가 된다는,
상전벽해桑田碧海라는 말과 같다.
매사를 긴 안목으로 보면 경계가 모호하다.
은인이 원수가 되고, 원수가 은인이 되기도 한다.
저 크고 높은 히말라야산맥이 오랜 과거에는
바다 밑에 자리했다고 하지 않는가?

선불교에서는 체용불이體用不二를 설하고 있다.
앞서 분리해 설명한 본체와 작용이
결국 둘이 아니라는 생각이다.
성품인 본체는 몸과 마음의 작용을 통해서 드러난다.
그런 의미에서 다시 산은 산이고 물은 물이다.
이것은 이것이고 저것은 저것이다. 이것이 시아의 경지다.
이러한 삶은 보이는 것을 보기만 하고,
들리는 것을 듣기만 하고,
느끼는 것을 느끼기만 하고,

아는 것을 알기만 하는 것이다.
그리하여 태어날 땐 태어날 뿐이고
늙을 땐 늙을 뿐이며
죽을 땐 죽을 뿐이다.

시아의 경지에 다다르기 위해,
지금 이 순간의 자신을 온전히 받아들이기 위해
우리는 끝없이 묻는 것이다.
질문의 답에는 긴 주석과 설명도, 어떠한 참고 문헌도 필요 없다.
이것이 무엇이냐 물으면 이것이라고 대답한다.
그 문답을 진정 깨우칠 때, 가슴으로 받아들일 때
기나긴 사슬은 끊길 것이다.

애착에서 멀어질 때 행복이 찾아온다

유니버스
명상 수업
9

인간 세상에서 무엇이 진정한 행복인지에 대한 토론이 벌어졌다.

"통치의 즐거움에 비교할 게 없지요."
"사랑의 행복보다 더한 행복이 있을까요?"
"맛있는 음식을 먹고 미인과 즐기는 것이 행복이지요."
"사랑하는 사람과 아름다운 곳을 여행하는 것이
가장 행복한 일 아닐까요?"
"온 가족이 화목하게 지내는 것?"
"그저 마음 편안한 것이 최고지요."

사람들은 저마다 행복에 대해 다른 견해가 있었다.
이 토론을 듣고 천상 세계의 신들 사이에서도 논쟁이 벌어졌다.
그때 욕계의 왕인 사카 천왕은
이 문제의 답변이 신들의 영역이 아니라
붓다의 영역임을 밝히고,
수많은 천신을 이끌고 붓다 앞에 나타나 요청했다.

"많은 천신과 인간이 최상의 행복을 소망하며
행복에 관해 생각하니, 이에 대해 설해주소서."

붓다는 이에 답하기 위해 서른일곱 가지 행복을 설하였으며,
무수히 많은 신이 붓다의 법문을 듣고 깨달음을 얻었다고 한다.
이 내용을 정리한 것이 바로《행복경》이다.

어리석은 이와 사귀지 않고, 현자와 가까이하며,
존경할 만한 이를 존경하는 것이 최상의 행복이다.

가랑비에 옷 젖는 줄 모른다는 말이 있다.
어리석은 이와 사귀면 점차 어리석어지고,
현명한 이와 친근히 지내면 저절로 현명해지는 것이다.
또한 존경할 만한 이가 주위에 있다는 것 자체가
또 하나의 행복이다.

분수에 맞는 장소에 살고, 일찍 공덕을 쌓으며,
스스로 바른 서원을 세우는 것이 최상의 행복이다.

남들의 이목을 의식해
지나치게 사치스러운 장소에 살면 삶이 고단해진다.
공덕을 쌓지 않고 잘되기를 바라기만 하면 이루어질 리가 없다.
콩 심은 데 콩 나고, 팥 심은 데 팥 난다.
서원을 세워 열심히 살되 애착하지 않는 것이 잘 사는 것이다.

많이 배우고, 기술을 익히며, 계율을 잘 익히고,
의미 있는 대화를 나누는 것이 최상의 행복이다.

배우고 때로 익히면 기쁘지 아니하랴?
오계五戒를 잘 지키기만 해도 건강을 지키며 부자가 되고,
존경과 신뢰를 받고, 지혜가 밝아진다.
여기에 더해 잡담이 아닌 법담을 나누는 것 자체가 큰 행복이다.

부모를 섬기고, 처자식을 돌보며,
평화로운 직업을 갖는 것이 최상의 행복이다.

부모는 뿌리요, 자식은 열매다.
줄기인 자신이 튼실하려면
당연히 뿌리와 열매가 튼실해야 할 것이다.
평화로운 직업이란 오계를 지키는, 즉 살생이나 도둑질, 거짓말,
음란 행위 및 음주를 하지 않는 직업을 말한다.

보시하고, 청정하게 살며, 친지를 보호하고,
비난받지 않을 일을 하는 것이 최상의 행복이다.

무언가를 베푸는 것은 스스로 충만함을 연습하고
헐떡이는 마음에서 벗어나는 것이다.
청정하게 살면 누구에게나 존경받는다.
친지를 보호함은 울타리를 튼튼하게 하는 것이며,
현자들의 충고를 달게 받아 스스로 돌이켜 보아야 한다.

악을 싫어하여 멀리하고, 술 마시는 것을 절제하며,
가르침을 부지런히 받는 것이 최상의 행복이다.

악행을 짓지 말고 뭇 선을 받들어 행하라고 하는 것은
모든 붓다의 공통된 가르침이다.
술을 자주 마시고 배움에 게으르면 자연히 어리석어진다.
술과 담배조차 벗어나지 못하는데, 어찌 윤회에서 해탈할 것인가?

존경하고, 겸손하며, 만족하고,
감사하는 것과, 적당한 때 법문을 듣는 것이 최상의 행복이다.

타인을 존경하고 스스로 겸손하며,
만족할 줄 알아 감지덕지하는 것은 고금의 덕목이다.
이에 더해 적당한 때 법문까지 듣는다면
일취월장은 따놓은 당상이다.

인내하고, 온화하게 행동하며, 수행자와 함께하고,
적당한 때에 법담을 나누는 것이 최상의 행복이다.

참을성 없이 화를 내면 온갖 복덕이 다 타버린다.
공덕을 쌓기는 어렵지만 태우기는 쉽다.
수행자를 가까이하고 법담을 나누다 보면
이와 같은 삶의 이치를 잘 알게 된다.

감각을 단속하고, 청정히 살며, 사성제四聖諦를 숙고하고,
진리를 깨달아 속박에서의 해탈을 실현하는 것이
최상의 행복이다.

인간은 단순히 쾌락을 즐기려고 태어난 것이 아니다.
쾌락도 고행도 아닌 중도적 입장을 견지하고
진리 중의 진리인 사성제를 숙고하며,
바로 지금 여기에서 자신을 오롯이 희생하는
완전연소를 실감 나게 체험하고자 태어난 것이다.

세상사에 부딪혀도 마음 흔들리지 않고, 슬픔에서 벗어나고,
오염원을 제거하며, 두려움에서 해탈하는 것이 최상의 행복이다.

오염원이란 바로 탐욕, 성냄, 어리석음의 세 가지 독을 뜻한다.
여기에서 벗어나려면 꾸준히 강조했듯 '대면 관찰'이 필요하다.

이상의 서른일곱 가지를 행하는 이는
어느 곳에 있든 실패하지 않고
어느 곳에 가도 평안하리니,
이것이 부처가 말한 최상의 행복이다.

참선은 최고의 자기주도학습

언젠가 참선 실습을 진행하는데
동참한 보육 교사님이 이렇게 말했다.

"이야말로 최상의 자기주도학습이네요."

'자기주도학습'이란, 학습자 스스로
능동적인 자세로 학습 과정을 이끌어가는 것이다.
이 방법은 일방적인 주입식 교육과 달리
학생 스스로 학습 과정을 선택하고 결정하기에
성인들을 가르칠 때 효과적이며,
스스로 깨우칠 수 있다는 점에서 불교적이다.
산파가 산모의 출산을 도와줄 뿐 직접 아이를 낳지 않는 것처럼,
교육자는 학습자가 스스로 결론에 이를 수 있도록
지켜보고 도와줄 뿐, 답을 직접 가르쳐주지 않는 것이다.
예컨대 소크라테스의 문답법이
대표적인 자기주도학습이라 할 수 있다.

그런 의미에서 간화선看話禪 수행 또한 최상의 자기주도학습이다.
선사는 화두를 주고 시시때때로 경책할지언정,
화두에 대해 자세히 설명하거나 직접 답을 가르쳐주지 않는다.
다만 잘못된 답을 점검해주고, 제대로 된 답을 확인해줄 뿐이다.
그러므로 일단 화두를 받으면 학습자는 스스로 답을 찾아내고,
이에 대해 최종적으로 점검받아야 한다.

앞에서 등장했던 예로,
'마하반야바라밀'을 염하면서 그 소리를 듣는다.
그리고 듣는 성품을 돌이켜 듣는다.
여기에서 '듣는 성품을 돌이켜 듣는다'는 것은 무슨 의미일까?
이러한 의문이 바로 화두다.
'마하반야바라밀'을 염하고 들을 때의 성품은 어떤 건가?
어떻게 생겼을까? 의문은 계속해서 생긴다.
학습자는 다만 이에 대한 답을 얻을 때까지
지속해서 마음을 챙기는 것이다.
여기서 유의할 점은 화두 공부가 학교 공부와 완전히 다르다는 것이다.

학교 공부는 지식을 쌓아가는 공부지만,
화두 공부는 알던 지식을 놓아가는 공부다.
즉 생각을 쉬어야 오히려 답이 나오는 것이다.

생각이란 한마디로 분별심이다.
너와 나, 이익과 손해, 선과 악, 행복과 불행, 생과 사를
이분법으로 나누는 마음이다.
여기에 답은 없다.
오히려 분별심이 쉰 상태에서 무심결에 나오는 답이 진정한 답이다.

무릇 진정으로 안심의 경지에 닿으려면
자신의 힘으로 이르러야 하겠다.
누군가 달래주지 않아도 안심할 수 있고
누군가 다독이지 않아도 당신은 위로받을 수 있다.
이때 참선이야말로 스스로 무심을 터득해
대안심大安心을 얻도록 인도하는
최상의 자기주도학습이 되는 것이다.

단 하나의 불경을 꼽자면

불교를 함축하는 단 하나의 경전을 꼽으라면 무엇을 택해야 할까?
타 종교는 성경이나 코란 한 권으로 엮여 있지만,
부처님의 가르침은 팔만대장경으로 집대성되어 마치 바다와 같다.
바닷물을 모두 마시지 않아도 그 맛을 알 수 있는 것처럼,
팔만대장경을 모두 섭렵하지 않아도
불교의 맛을 두루 파악할 수 있는 경전은 없을까?

《천수경》은 관세음보살을 신봉하는 불교의 신앙 형태인
관음신앙에 국한되어 있으며,
《금강경》은 아상我相을 없애는 데 초점을 맞추고 있다.
《능엄경》은 선정을 닦는 마음가짐과 방법에 집중하고 있고,
《법화경》은 중생을 구제하는 대승사상에 몰두하고 있으며,
《화엄경》은 지나치게 방대하고 어렵다.

이에 반해 《유마경》에는
초기 불교의 대표적 인물이라 할 수 있는 사리불과
대승불교의 지혜로 대표되는 문수보살,

그리고 선불교의 선양자宣揚子인 유마장자가 골고루 등장한다.

그래서 각각 무아설과 공사상,

실체가 없으면서 쓰임이 있다는 '묘유妙有'에 대하여 언급하며

이 세 가지가 조화를 이루고 있다.

즉《유마경》은 초기 불교나 대승불교를 아예 무시하는 것이 아니라,

각 단계에서 한발 더 나아가는 가르침을 명쾌히 전해주는 경전이다.

예컨대 번뇌를 끊고자 선정에 든 사리불에게

유마거사는 "그렇게 앉아 있지만 말고 멸진정에 들어 있는 그대로

행주좌와行住坐臥 식의 일상을 살아가면서

번뇌를 끊지 않고 열반에 드는 좌선을 행하라"고 말한다.

또한 마왕 파순에게서 천녀들을 돌려받지 못하고

우물쭈물하는 지세보살을 대신하여

여인들을 흔쾌히 받아들이며 법문으로 가치관을 완전히 전환시킨다.

심지어 돌아가고 싶어 하지 않는 여인들에게

도리어 마왕의 처소로 돌아갈 것을 권유하며

그곳의 천신과 천녀 들에게 보리심을 품도록 이끌어준다.

나아가 '어떠한 것도 논하지 않고, 말로 표현할 수 없는 것이
진정한 불이법문不二法問'이라고 설하는 문수보살에게
유마거사는 문자도 없고 말도 없고 마음의 움직임도 없는
위대한 침묵으로 답변하기도 한다.

결국 《유마경》은 현실을 벗어나서 이상 세계를 찾는 사람들에게
결국 우리가 발 딛고 있는 이 시끌벅적한 중생계야말로
보살이 머무르기 좋은 불교의 나라며
모든 것은 다만 허상일 뿐이니
바로 지금 여기에서 애착 없이 열심히 법을 전하며 살라는
가르침을 전해주는 단 하나의 불경인 것이다.
이것이 《유마경》을 감히 불교를 집대성한
단 한 권의 책이라 꼽는 이유다.

우주를 품은 큰스님

春來萬像生躍動
춘래만상생약동
秋來收藏待次期
추래수장대차기
我於一生幻人事
아어일생환인사
今朝收攝歸故里
금조수섭귀고리

봄이 오면 만상에 생기가 약동하고
가을 오면 거둬들여 다음을 기약하네.
내 한평생 아바타 놀음
오늘 아침 거두어 고향으로 돌아가네.

은사이신 쌍계 총림 방장 고산 큰스님의 임종게臨終偈다.
벚꽃이 만개한 화개 동천 쌍계사에서
부처님 열반 재일에 다비식을 거행하였다.

일부러 그렇게 맞추기도 어렵건만,

만물에 생기가 가득 피어난 봄날

다음을 기약하며 가신 것이다.

한평생 아바타 놀음을 마치고 고향인

본마음, 참나의 자리로 돌아가셨다.

간간이 내리는 비에 떨어지는 봄꽃들도 아름다웠고,

큰스님의 생애도 무척 아름다웠다는 감흥이 우러나왔다.

큰스님은 무척 엄하면서도 따뜻한 분이셨다.

때로는 추상같은 질책을 서슴지 않고,

때로는 관용을 무한히 베푸셨다.

'용서를 구걸하는 자가 되지 말고,

남을 용서하는 이가 돼라'는

평소의 말씀을 그대로 실천하신 것이다.

계율을 바르게 지키시면서, 틈만 나면 선정의 희열을 만끽하셨다.

경전에 해박한 것은 두말할 필요가 없다.

아니, 경전을 통째로 외우다시피 하셨다.

큰스님에게 강맥講脈을 전수받기 전,
큰스님 앞에 독대하여 《정선현토치문》, 사집四集 등의
강원 과목을 새겨 바쳤다.
강원에서 석 달 이상 공부하는 각각의 과목들을
단 몇 시간 만에 새겨 바치곤 했다.
큰스님께서는 가만히 듣고만 계시다가
잘잘못을 수정 보완해주셨는데,
내용을 거의 외우고 계신 것이었다.

쌍계사 강사 시절, 큰스님은
내 방 앞에 서 있는 크고 작은 목련나무 세 그루를 가리키며,
"한날한시에 똑같은 종자를 심었지만, 이렇게 다르게 컸다.
왜 그런지 아느냐?"라고 물으셨다.
그러고는 "한 그루는 바로 밑에 바위가 있었고,
한 그루는 토양이 깊었고, 다른 한 그루는 중간이었다.
똑같은 인因을 심어도 만나는 연緣에 따라
성장이 사뭇 다르다"라고 하는 것이었다.

필자 역시 큰스님이라는 풍족한 토양을 만나
지금 이만큼이라도 성장해 있는 것이다.
쌍계사도 마찬가지고, 한국 불교도 마찬가지일 것이다.
임종게의 말씀처럼 조만간 다시 돌아오셔서
불교 중흥의 크나큰 자량資糧이 되시리라 믿어 의심치 않는다.

운명도 바꿀 수 있다

다음 가운데 불교라고 생각되는 것은 무엇인가?

① 콩 심은 데 콩 나고 팥 심은 데 팥 난다.
② 콩을 심건 팥을 심건 무엇이 날지는 신에게 달려 있다.
③ 콩을 심건 팥을 심건 무엇이 날지는 이미 결정되어 있다.
④ 콩을 심건 팥을 심건 무엇이 날지는 아무도 알 수 없다.

①이 바로 불교다.
아인슈타인은 미래의 종교가 불교라고 말했다.
과학적이고 합리적이며, 누가 들어도 맞는 말이기 때문이다.
콩을 심어놓고 백일기도에 돌입해
'신이시여, 팥이 나게 해주소서.' 하고 기도하면 팥이 나겠는가?
그렇지 않다.
역시 팥을 심어놓고 '콩이 나게 해주소서.' 해봤자 콩이 나지 않는다.
콩 심은 데 콩 나고 팥 심은 데 팥 나기 때문이다.

콩을 심건 팥을 심건 무엇이 날지 신에게 달려 있다면
그것은 불교가 아니다.
이미 결정되어 있다고 하는 것도 불교가 아니다. 그것은 숙명론이다.
불교는 숙명론이 아니다. 운명은 내 작품이기 때문에 바꿀 수 있다.
이것이 바로 불교다.
삶이 어렵고 미래가 불안하다고 점집에 다니는 사람들이 있다.
재미로 본다면 몰라도 그것을 믿으면 절대 안 된다.
차라리 바라는 것, 원하는 것, 되고 싶은 것의 씨앗을 지금 심어라.
그게 더 빠른 길이다.

예를 들어, 어떤 사람이 병에 걸렸다고 하자.
그런데 누군가 그에게 삼 년산 약초를 먹으면 낫는다고 말해서
그는 그때부터 약초를 찾으러 다녔다.
그렇게 삼 년이 지났다.
그런데 지금도 약초를 찾아다닌다고 한다.
만약 약초를 찾기 시작했을 때 씨앗을 심었더라면
삼 년산 약초를 손에 넣었을 것이다.

스스로 씨앗 심을 생각을 하지 않고
밖에서만 찾으려 하니 아직도 찾아다니는 것이다.

절대로 밖에서 구걸하거나 찾아다닐 필요가 없다.
자기가 무엇을 심느냐에 따라 심은 그대로가 나는 것이다.
이것이 바로 불교의 핵심이다.

당신이 긍정의 주인공이다

사람들은 늙고 죽는다.

늙고 죽음의 원인은 과연 뭘까?

그것은 태어났기 때문이다.

태어나지 않았다면 늙을 일도 죽을 일도 없는 것이다.

그러면 나는 왜 태어났을까?

존재의 열망 때문에 태어난 것이다.

먼 우주에서 날아온 삶에 대한 열망, 생존 본능 때문이다.

존재의 열망은 또 왜 생겼을까?

바로 내 몸뚱이에서 시작된 소유욕을 충족하기 위함이다.

그렇다면 내 것으로 취하는 습관은 왜 생겼을까?

상대적인 애착 때문이다.

애착은 또 왜 생겼을까? 상대적인 느낌 때문이다.

느낌은 또 왜 생겼을까? 접촉하기에 생기는 것이다.

접촉은 왜 생겼을까?

여섯(눈·귀·코·혀·몸·뜻) 개의 기관이 있으니까

바깥의 경계와 접촉하는 것이다.

그렇다면 여섯 기관은 왜 생겼을까?

몸과 마음에 대한 최초의 분별식 때문이다.

최초에 몸과 마음은 나누어진다.
몸은 안眼 · 이耳 · 비鼻 · 설舌 · 신身, 마음은 의意 이렇게 나뉜다.
그럼 분별은 왜 생겼을까? 나름의 생각, 식識 때문이다.
자기의 고정관념이나 선입견이 '나름의 생각'이다.
그러므로 여러분의 몸은 여러분 식의 결과물이다.
그럼 식은 왜 생겼을까? 의도적인 행위, 업業 때문이다.
그 의도 행위는 밝지 못하기 때문에 생기는 것이다.
이것을 '무명'이라고 한다.
부처님께서는 '십이연기'라 불리는 이 깨달음을 일찍이 깨달은 것이다.

그래서 밝지 못함이 사라지면 의도 행위가 사라지고
의도 행위가 사라지면 나름의 생각이 사라지고
나름의 생각이 사라지면 몸과 마음에 대한 최초의 분별이 사라진다.
몸과 마음에 대한 최초의 분별이 사라지면 여섯 기관이 사라지고
여섯 기관이 사라지면 접촉함이 사라지고

접촉함이 사라지면 상대적인 느낌이 사라진다.
상대적인 느낌이 사라지면 애착이 사라지고
애착이 사라지면 내 것을 취하기 위함이 사라지고
내 것을 취하기 위함이 사라지면 존재의 열망이 사라진다.
존재의 열망이 사라지면 태어남이 사라지고
태어남이 사라지면 결국 늙고 죽음이 사라지는 것이다.

미국의 하버드 대학에서 입학생을 대상으로 한 조사가 있다.
30년 동안 이 사람들의 행위를 추적·연구하며
이들 중 크게 성공한 사람들의 자료만 모아 자세히 분석했다.
과연 이들에게는 어떤 공통점이 있을까?
놀랍게도 공통점은 딱 하나였다.
낙천적이고 긍정적인 사고방식이었다.
성공의 요인은 환경도, 돈도, 기타 요인도 아니었다.
긍정적인 사고방식이었다.
사람은 믿는 대로 체험하기 때문이다.
그것이 곧 일체유심조—切唯心造다.

그래서 스스로 긍정적 사고를 기를 수 있도록 연습해야 하며
이 훈련이 돼야 당신이 원하는 앞날을 만들 수 있다.
나는 내가 창조한다. 지금 모습도 나의 작품일 뿐이다.
지금의 모습이 내 작품이라 생각해야 내가 고칠 수 있다.

웃는 문에 만복이 들어온다고 했다.
밝고 즐거운 사람이 주변을 밝게 해준다.
웃을 일이 생겨서 웃는 것은 누구나 할 수 있다.
먼저 웃음으로써 웃을 일이 생기게 만드는 것은 주인공만 할 수 있다.
조건 없는 웃음만이 무명을 해소하여
앞길을 밝히는 가장 빠른 방법이다.

잠깐의 수행으로
우주에 다다를 수 있다

강원에서 사람들을 가르치면서 한번은
범패梵唄에 능한 스님을 모셔 특강을 한 적이 있다.
그 스님은 범패에 대해 장황한 설명을 하면서,
30년이 넘도록 이 길에 매진해왔지만 아직도 갈 길이 멀다고 했다.
그러면서 어렵고 지루한 설명을 계속해나갔다.
답답하기 짝이 없던 나는 잠시 쉬는 시간에
그 스님에게 다가가 특별히 부탁드렸다.

"스님! 30년이 걸려도 제대로 하기가 어려운 범패라지만,
사람들에게 단 3분 만이라도 맛을 볼 수 있도록 해주시지요."
"글쎄요, 어떤 방법이 있을까요?"
"예, 다만 '나무아미타불' 여섯 글자만이라도
먼저 시범을 보여주시고, 비슷하게 흉내라도 내게
한 소절씩 읊고 따라 하도록 해주시면 좋겠습니다."

그 스님은 부탁대로 시범을 먼저 보이고
한 대목씩 천천히 읊으면서 사람들이 따라 하게 하였다.

그들은 비록 서투르지만 '나무아미타불' 여섯 글자를
한 소절씩 따라 하면서 범패의 맛을 보게 되었다.
맞으면 맞는 대로, 틀리면 틀리는 대로 흉내라도 내기 시작하자
자칫 지루할 뻔했던 특강은
무척 재미있고 유익한 시간으로 바뀌었다.
그 순간 사람들은 자신만의 경지에 잠시나마 이르렀으리라.

참선도 이와 마찬가지다.
전문가가 30년이 넘도록 매진해도 쉽지 않은 길일지라도,
3분 만이라도 언뜻 맛볼 수 있도록 해야 한다.
그 또한 깨달음의 시작이다.
지금부터 열심히 정진해서 수십 년을 해야
겨우 맛이라도 볼 수 있을까 말까 한 것이라고만 말해서는 안 된다.

범패에서는 '나무아미타불'이지만,
참선에서는 '마하반야바라밀'을 염한다.
다만 '마하반야바라밀'을 염하면서

그 소리를 듣는 데 집중하도록 한다.

이것만으로도 마음을 하나의 대상에 집중하여 흔들리지 않는,

삼매의 경지를 몸소 체험할 수 있다.

나아가 듣는 성품을 돌이켜 듣도록 한다.

듣는 성품을 돌이켜 듣는다는 말이 무슨 의미인가?

의문이 생기면 더욱 좋다.

간화선의 길로 한발 들어선 것이니 말이다.

지금 시대의 사람들은 미리 나무를 패서 쌓아놓고

하나씩 때서 쓰는 장작불 세대가 아니다.

스위치만 누르면 냉난방시설이 켜지고 꺼지는 전깃불 세대,

나아가 디지털 세대다.

새로운 도전을 좋아하고 짧은 호흡으로 행동에 임한다.

그들에게 수행은 새삼스럽고 지난한 과정처럼 느껴질 수 있다.

그러나 본래 참선의 장점은 돈오頓悟에 있다.

돈오란 단박에 깨우친다는 것을 의미한다.

바로 지금 여기에서, 잠깐의 수행으로도
부처의 경지에 다다를 수 있다는 뜻이다.
참선의 맛을 바로 지금 여기에서 느낄 수 없다면,
언제 어디에서 느낄 수 있으랴?
어렵게 생각하지 말고 순간에 집중하는 것이 전부다.

만물의 공함을 깨닫는 것이 먼저이니,
가벼운 마음으로 다가갈수록 좋은 접근이라 하겠다.

부록

깨달음에 이르는 네 가지 단계
아바타 송

깨달음에 이르는 네 가지 단계

깨닫고서 쉬는 것이 아니라 쉬어야 깨닫는다.
《능엄경》에서는 '쉬는 것이 곧 깨달음'이라고 한다.
어째서 쉬는 것이 곧 깨달음일까?
연야달다의 이야기는 이를 쉽게 설명해준다.
연야달다는 어느 날 갑자기 미쳐서
자기 머리에 얼굴과 눈이 없다고 생각한다.
그래서 얼굴과 눈을 찾아 밖으로 뛰어 달아난다.
하지만 본래 면목은 그대로 거기 있다.
다만 미친 증세만 쉰다면 밖으로 찾아 나서지 않을 것이다.
그러므로 '쉬는 것이 곧 깨달음'이라고 하는 것이다.

'쉼'은 이론으로 되는 것이 아니다.
다음과 같이 네 가지 단계로 실제적 '쉼'을 체험할 수 있도록 한다.

첫째, 하심下心형 쉬기 – 마음을 낮추는 연습을 한다.
둘째, 일심一心형 쉬기 – 마음을 하나로 모은다.

셋째, 무심無心형 쉬기 – 한마음마저 사라지게 한다.
넷째, 발심發心형 쉬기 – 머무는 바 없이 그 마음을 일으킨다.

일심은 관찰하는 대상과 내가 하나 되는 것이요,
무심은 그 하나마저 사라진 상태다.
발심은 응당 머무는 바 없이 그 마음을 내는 것이다.
진정한 발심은 무심을 거쳐서 시작된다.
무주無住는 애착 없음, 즉 무착無着이어야 가능하기 때문이다.

이 본격적인 마음공부에 앞서 예비 수행이 필요하다.
그것은 '하심으로 쉼'으로, 내려놓는 것이다.
하심이 되어야 일심이 되고, 일심이 되어야 무심이 된다.
무심이 되어야 비로소 머무르지 않고 그 마음을 내는
진정한 발심도 가능한 것이다.
점진적으로 나아가는 것이 핵심이며
이 쉼의 단계를 건너뛰고 깨달음에 이르는 것은 어불성설이다.

1.
하심형 쉬기

'쉼'의 첫째 단계는 내려놓기다.
만병의 근원인 몸뚱이에 대한 애착과 번뇌, 망상을
일단 내려놓도록 하는 것이다.
그러기 위해서는 밖을 향해 치달리던 마음을 잠시 쉬고
자기 몸을 관찰하도록 한다.

이를 위해 사용하는 전통적 수행법이 '해체'다.
자기 몸뚱이를 해체하여 분석하는 것이다.
백정이 소를 잡듯이 자기 몸을 눈 · 귀 · 코 · 혀 · 몸 · 뜻의
여섯 부분으로 나누어 관찰하도록 한다.
이를 진실한 바른 관찰이라 한다.
이렇게 관찰하면 그는 곧 육근六根과 멀어지고,
육근과 멀어지기 때문에 즐겁지 않고,
즐거워하지 않기 때문에 애착에서 벗어나 해탈하게 된다.
이렇게 해서 지금의 몸뚱이가 진실한 나라는 생각에서 벗어나
잠시라도 애착을 내려놓을 수 있게 되는 것이다.

실습 1단계
육근을 해체하도록 한다.

다음의 경구를 외는 것이 도움이 된다.

> 눈은 무상하다. 무상한 것은 곧 괴로움이요,
> 괴로움은 내가 아니다.
> 귀도 무상하다. 무상한 것은 곧 괴로움이요,
> 괴로움은 내가 아니다.
> 코도 무상하다. 무상한 것은 곧 괴로움이요,
> 괴로움은 내가 아니다.
> 혀도 무상하다. 무상한 것은 곧 괴로움이요,
> 괴로움은 내가 아니다.
> 몸도 무상하다. 무상한 것은 곧 괴로움이요,
> 괴로움은 내가 아니다.
> 뜻도 무상하다. 무상한 것은 곧 괴로움이요,
> 괴로움은 내가 아니다.

이렇게 먼저 자기 몸을 해체하는 연습을 하고,
익숙해지면 다른 사람의 몸을 해체해서 보는 연습을 하도록 한다.
예컨대 애착하는 사람을 해체해서 보는 연습을 하다 보면
사람에 대한 애착 또한 줄어들며, 마침내 쉬게 될 것이다.

실습 2단계
백팔 참회 발원

백팔배와 함께 백팔 참회 발원을 시행한다.

지나온 과거를 참회하고 앞으로의 미래를 다짐하는 발원이야말로

몸과 마음을 내려놓는 가장 좋은 공부다.

아울러 자기 몸과 마음 상태를 점검해보는 좋은 기회이다.

내 몸은 얼마나 건강한가, 내 마음은 얼마나 건전한가?

매번 절할 때마다 탐욕, 성냄, 어리석음의 순서대로 참회하도록 한다.

먼저 지나친 욕심을 낸 것에 대해 현재부터

과거로 거슬러 올라가면서 낱낱이 참회한다.

이어서 성냄, 어리석음의 순으로 참회한다.

이때 유의할 점은 조건 없이 참회해야 한다는 것이다.

자기 식대로 조건부 참회를 하면 의미가 없다.

차라리 떠오르는 생각은 모조리 참회할 것이라 보아야 옳다.

실습 3단계
죽음에 대한 명상

죽음은 확실하고 삶은 불확실하다.

나는 반드시 죽는다.

나의 삶은 죽음으로 끝을 맺는다.

죽음! 죽음!

《숫타니파타》에는 이런 구절이 있다.

죽음에 대해 생각하면서 유언장과 위패를 작성해

모닥불에 태우며 자신의 다비식을 거행한다.

유언장을 작성하는 것은

자신의 삶과 주변 사람들을 돌아보는 좋은 기회가 된다.

다른 사람의 위패는 많이 다루어보았을지언정,

자기 위패를 적어 올릴 기회는 없다.

스스로 자신의 이름이 적힌 위패를 작성하고 불태우면서

죽음과 진솔하게 대면하는 시간을 가진다.

시체의 뼈가 불에 타고 빻아져 가루가 된 것을 보듯이,

자기 몸을 그 재에 비추어 본다.

지금의 이 몸 또한 이와 같은 속성을 가지고 있고,

이처럼 될 것이며, 이 결말에서 피할 수 없다고 깨닫는다.

진정 '나'를 내려놓는 연습을 하는 것이다.

2.
일심형 쉬기

하심형 쉬기를 좀 더 심화하여
본격적으로 자기 몸과 마음을 관찰하도록 한다.
《법구경》에서는 '몸과 마음을 관찰하지 않고 백 년을 사는 것보다
몸과 마음을 관찰하며 하루를 사는 것이 훨씬 더 낫다'라고 했다.
몸과 마음에서 일어나고 사라지는 현상을 알아차린다.
이러한 알아차림을 확장하여
조그만 풀 한 포기, 나무 한 그루,
하늘에 떠가는 구름과 새소리, 물소리를 관찰하는 연습을 한다.
모든 현상에 대한 관찰이 숙달될 때까지 반복하며,
이는 몸과 마음 그리고 자연을 하나로 통일시키는 과정이다.

몸 보기

① 자신의 아랫배를 관찰한다.

아랫배가 일어날 때 '일어남', 사라질 때 '사라짐'이라고 복창한다.

이와 같이 몸에서 일어나고 사라지는

모든 현상에 대하여 다만 알아차린다.

② 눈·귀·코·혀·몸을 지켜본다.

③ 볼 때는 '본다'고 알아차리고,

들을 때는 '듣는다'고 알아차린다.

걸을 때는 '걷는다'고 알아차리고,

멈출 때는 '멈춘다'고 알아차린다.

④ 유쾌하거나 불쾌한 기분을 느낄 때는 '느낀다'고 알아차린다.

⑤ 좌선과 함께 맨발 걷기를 권장한다.

맨발로 땅바닥을 걸으면서 '걷는다'고 알아차리고,

발바닥이 아프면 '아프다'고 알아차린다.

실습 2단계
숨 보기

숲속이나 나무 밑처럼 한적한 곳으로 가 가부좌를 하고,
상체를 반듯하게 세우고 앉아 자신의 호흡을 알아차리는 연습이다.

숨을 길게 들이쉴 때는 '길게 들이쉰다'고 알아차리고,
숨을 길게 내쉴 때는 '길게 내쉰다'고 알아차린다.
숨을 짧게 들이쉴 때는 '짧게 들이쉰다'고 알아차리고,
숨을 짧게 내쉴 때는 '짧게 내쉰다'고 알아차린다.

숨을 들이쉴 것이라고 마음을 다진 후, 수행하며 온몸을 알아차린다.
반대로 숨을 내쉴 것이라고 마음을 다지면서 수행한다.
자연스럽게 호흡하면서
몸에서 일어나고 사라지는 현상을 응시하는 수행이다.

실습 3단계
마음 보기

욕심이 일어나면 '욕심이 일어났다'고 알아차린다.

분노가 일어나면 '분노가 일어났다'고 알아차린다.

이처럼 탐욕, 성냄, 어리석음, 억울함, 두려움 등이 일어나면

다만 알아차릴 뿐, 그 감정을 붙잡거나 거부하지 않는다.

눈으로는 이러한 현상을 관찰하는 카메라맨이 된 것처럼,

입으로는 있는 그대로 읊어주는 내레이터가 된 것처럼 굴어야 한다.

꾸준히 강조한 닉네임(법명)을 적극 활용한다.

지금 느껴지는 분노와 나라는 존재를 별개로 보는 과정이다.

다만 관찰할 뿐, 결코 시비하거나 판단하지 않는다.

실습 4단계
구름 보기

눈에 보이는 모든 사물과 동화되는 상상을 한다.

풀, 나무, 숲, 구름, 하늘, 새소리, 물소리 등과 하나 되는 연습을 한다.

자기 몸뚱이가 구름이나 풀, 나무의 형상이 되고

구름이나 풀, 나무의 입장이 되어 사물을 바라보는 연습을 한다.

이 연습이 잘 되면 자연히 복식호흡을 하게 되고,

번뇌 망상이 점차 쉬는 체험을 하게 된다.

실습 5단계
별, 달 보기

밤하늘의 별, 달을 보며 자신의 육근을 발송한다고 여긴다.

내가 온 별로 나를 돌려보내는 것이다.

나는 과연 저 수많은 별 가운데 어느 별에서 왔을까?

자신의 별을 찾아 자신을 돌려보내고,

고향 별과 하나가 되는 연습을 한다.

빛으로서 존재하는 것이다.

3.
무심형 쉬기

일심에서 무심으로 진전시킬 순간이다.

진정한 마음공부는 무아법에 통달하는 것이다.

내가 있으므로 고통이 있고, 내가 사라지면 고통도 사라진다.

이야말로 네 가지 성스러운 진리인 고집멸도苦集滅道인 것이다.

이렇게 할 때, 내가 보는 것이 아니라 '봄'만이 있을 뿐이며

내가 듣는 것이 아니라 '들음'만이 있을 뿐이다.

내가 느끼는 것이 아니라 '느낌'만이 있을 뿐이며

내가 아는 것이 아니라 '앎'만이 있을 뿐이다.

견문각지見聞覺知할 때 다만 견문각지할 뿐이라는 경구가

바로 이러한 의미이다.

《우다나 바히야경》에는 다음과 같은 문구가 나온다.

그대는 이와 같이 자신을 닦아야 한다.

'보이는 것을 보기만 하고, 들리는 것을 듣기만 하고,

느끼는 것을 느끼기만 하고, 아는 것을 알기만 하리라'라고.

이렇게 한다면, 그대는 그것과 함께하지 않을 것이다.

그것과 함께하지 않을 때 거기에는 그대가 없다.

이것이 고통의 소멸이다.

《정법안장》에서도 유사한 글귀를 볼 수 있다.

결국 불도를 닦는 것은 자신을 닦는 것이다.

자신을 닦는 것은 자신을 잊는 것이다.

자신을 잊는 것은 만법을 깨달아 얻는 것이다.

만법을 깨달아 얻는 것은 자신의 몸과 마음 및

다른 사람의 몸과 마음까지도 탈락脫落시키는 것이다.

깨달음의 흔적을 쉬고, 쉬고 있는 깨달음의 흔적조차

길이 벗어나는 것이다.

이렇게 자신을 완전히 벗어버릴 수 있다면 모든 것이 '나'가 된다.

다시 말해서 '일체가 나이고 부처'가 되는 것이다.

무아의 경지에 이르는 법을 자세히 푼다.

실습 1단계
성품 보기

첫째, '마하반야바라밀'을 염하고 그 소리를 듣는다.
'마하반야바라밀'은 산스크리트어를 한자로 바꾼 표현으로,
'큰 지혜로 저 언덕에 이른다'는 뜻이다.
《육조단경》은 이렇게 이른다.

> 이 법은 모름지기 실행할 것이요,
> 입으로만 외워서는 안 된다.
> 입으로 외우고 실행하지 않으면 허깨비와 같으니,
> 닦고 행하는 이는 법신과 부처와 같으니라.
> 미혹한 사람은 입으로 염하고
> 지혜로운 이는 마음으로 행한다.

둘째, 듣는 성품을 돌이켜 듣는다.
《능엄경》의 반문문성법反聞聞性法을 뜻한다.
육근의 허망한 습기를 벗어나는 가장 좋은 방법은
이근耳根이라는 문으로 들어가 이치를 깨닫는 것이다.
육근 가운데서도 귀는 다른 다섯 근육과 달리
흔치 않게 빠른 속도로 지혜를 얻을 수 있다.
이것이 바로 소리를 듣는 성품을 돌이켜 듣는 방법이다.

소리에는 생멸이 있으나 듣는 성품에는 생멸이 없다.
몸뚱이는 비록 자고 있을지라도,
듣는 성품은 혼침昏沈에 떨어지지 않는다.
한마디로 불생불멸인 것이다.

이 불생불멸인 성품 자리에 초점을 맞춘다는 것은
소리와 색깔 등 바깥의 경계에
더 이상 초점을 맞추지 않음을 의미한다.
그럼으로써 분별이 쉬어가는 것이다.
분별이 쉬면 저절로 미친 증세가 쉬고 곧 보리가 현전하게 된다.

결론지어 말하자면 '쉬는 것이 곧 깨달음'이라는
말의 의미를 제대로 터득하기 위해서는
단순히 깨달음을 얻기 위한 수행因地修行이 아니라,
불생불멸인 깨달음과 하나 되는 수행果地修行으로
꾸준히 닦아나가야만 될 것이다.

실습 2단계
화두 보기

화두를 스스로 던져 묻고, 스승과의 면담을 통해 점검한다.
《선문염송》에 나오는 다음의 화두는 하나의 예시이다.

조주선사에게 어떤 스님이 물었다.

"개도 불성佛性이 있습니까?"

선사가 말하였다.

"있느니라."

스님이 다시 물었다.

"있다면 어째서 가죽 부대 속에 들어 있습니까?"

선사가 말하였다.

"그가 알면서도 짐짓 범했기 때문이니라."

다시 어떤 스님이 물었다.

"개도 불성이 있습니까?"

선사가 말하였다.

"없느니라."

스님이 다시 물었다.

"일체 중생이 모두 불성이 있다 했거늘

개는 어째서 없다 하십니까?"

선사가 말하였다.

"그에게 업식業識이 있기 때문이니라."

4.
발심형 쉬기

모든 존재는 무상하고, 무상하기에 공이다.
하지만 ' 참다운 공眞空'은 텅 비어 아무것도 없는 것이 아니다.
텅 비었기 때문에 무엇으로든 채울 수 있으며,
고정된 나가 없기에 어떠한 나도 만들 수 있는 것이다.
어떠한 나를 만들 것인가? 내가 선택한다. 내 작품이다.
이것이 바로《금강경》에서 설하는
'응당 머무는 바 없이 그 마음을 내는 것'이다.

이러한 이치를 몸소 터득하면 집착으로 존재하는 것이 아니라
서원으로 존재하게 된다.
업생業生이 아니라 원생願生을 살게 되는 것이다.
몸과 마음이 아닌 성품에 입각한 삶을 사는
진정한 보살이 되어 세상을 풍요롭게 만든다.

실습 1단계
넓혀가기

전 우주를 모두 감싸는 사랑의 마음을 키운다.
눈앞에 보이는 존재를 넘어서
눈앞에 보이지 않는 모든 존재와 하나 되는 연습을 한다.
《자애경》의 다음 구절이 이 진리를 노래하고 있다.

> 살아 있는 생명이면 어떤 것이건, 모든 중생이 행복하기를!
> 누구도 남들이 잘못되기를 바라지 말라, 원한에서건 증오에서건.
> 어머니가 하나뿐인 자식을 목숨 바쳐 위험에서 구해내듯,
> 만 중생을 향한 일체 포용의 생각을 자기 것으로 지켜내라.

참다운 무아는 대아,
이른바 자신의 경계를 확장하는 것이다.
온 우주가 내 집이요,
모든 생명이 내 가족이라고 생각하는 연습을 한다.

실습 2단계
그려넣기

마음에는 두 가지가 있다. 본마음과 그냥 마음.
그냥 마음이라고 칭할 때는 대개 분별심을 말한다.
나와 너, 선과 악, 사랑과 증오로 나누는 마음을 말한다.
본마음은 성품이라고도 하며,
나와 너를 분별하기 이전의 마음을 말한다.
《화엄경》은 다음과 같이 이른다.

일체의 부처님을 알고자 한다면 응당 법계의 성품을 관찰하라.
모든 것은 오직 마음으로 만들어진 것이다.
마음은 마치 그림쟁이 같아서 능히 모든 세상을 그려내나니,
일체 존재가 이로부터 생겨 무엇이든 만들어내는구나.

본마음은 무한한 가능성을 가진다.
마치 하얀 도화지 위에 무엇이든 그리는 대로 나타나는 것과 같다.
이러한 원칙에 따라 행불행자의 서원을 연습한다.
다음과 같은 다짐이 그러하다.

"부처님, 감사합니다."

"법륜을 굴리겠습니다."

"행불하겠습니다."

"바로 지금 여기에서 자신의 주인이 되어 완전연소하겠습니다."

"아는 만큼 전하고 가진 만큼 베풀겠습니다."

행불이란 수행불행修行佛行, 즉 부처의 행을 수행하는 것이다.

이것은 불지견佛知見에 입각한 수행을 말한다.

즉 내가 '본래 부처'라고 하는

확고한 믿음을 갖고 수행하는 것이다.

중생이 부처가 되고자 하는 수행이 아니라

본래 부처임을 확인하는 수행이다.

구걸하는 삶이 아니라 스스로 당당한 주인공으로서 사는 것이다.

실습 3단계
전해주기

《석문의범》에는 다음과 같은 구절이 있다.

세세생생 부처님을 머리에 이고 다니거나
가는 곳마다 침상과 의자가 되어드린다 해도
만약 법륜을 굴려 중생을 제도하지 않는다면
마침내 은혜에 보답하지 못한 것이로다.

부처님의 은혜를 갚는 유일한 방법은
법륜을 굴려 중생을 제도하는 것이다.
그러기 위해서는 다만 아는 만큼 전하고
가진 만큼 베푼다는 마음을 가져야 한다.
모든 법을 통달하고 나서야 전하겠다고 생각한다면,
마치 대단한 재벌이 되고 나서야
보시를 하겠다는 것과 마찬가지다.
어느 시절을 기다려 전하고 베풀 것인가?
바로 지금 여기에서, 나부터 시작해야 하는 것이다.
진정한 배움은 가르치면서 시작된다.
오히려 전할수록 알게 되고 베풀수록 갖게 되는
대승불교의 심심 미묘한 이치를 굳게 믿어야 한다.

행복지수는 소유를 분자로 하고 욕망을 분모로 한다.

즉 사람들은 소유가 늘어나든가

욕망이 줄어들어야 더 큰 행복감을 느낀다.

소유를 늘리는 방법으로 복을 닦는 것이 있다.

욕망을 줄이는 방법으로 도를 닦는 것이 있다.

그러므로 복 닦기와 도 닦기야말로 행복으로 가는 지름길이다.

이러한 수행의 일환으로 개인별 혹은 단체별로 게송을 낭송한다.

각자 저마다 좋아하거나 기억에 남는 게송을 선택하여

대중 앞에서 암송하고, 이에 관해 짤막하게 설명한다.

이때 노래나 춤 등의 퍼포먼스를 곁들이면 더욱 좋다.

최대한 효율적으로 게송의 내용을 각인시킬 수 있다면 성공적이다.

이러한 수행 과정을 통해 상호 간에 소통을 경험한다.
자신의 생각과 경험을 나누고 퍼포먼스를 연습하는 과정에서
친밀감이 우러난다.
자신과 타인의 내면을 좀 더 파악할 수 있으며,
적극적으로 대중 앞에 서는 연습이 된다.
이는 법륜의 바퀴를 더욱 힘차게 굴려,
온 누리에 널리 불법을 전파하는 좋은 방법이다.

아바타송

진리 중의 진리는 사성제
도 중의 도는 팔정도
팔정도 핵심은 내비도
내비도 비결은 바라봐!
바라보고 바라봐!
아바타로 바라봐!
몸도 아바타, 마음도 아바타
나도 아바타, 너도 아바타
우린 모두 아바타야!

늙어가도 괜찮아, 아바타!
병들어도 괜찮아, 아바타!
죽어가도 괜찮아, 아바타!
탐이 나도 별거 아냐, 아바타!
화가 나도 별거 아냐, 아바타!
불안해도 별거 아냐, 아바타!
실패해도 괜찮아, 아바타!
성공해도 별거 아냐, 아바타!
안심, 안심 또 안심!

몸과 마음은 아바타!

관찰자가 진짜 나!

진짜 나는 즐거워!

진짜 나는 행복해!

크고 밝고 충만해!

크고 밝고 충만해!

우린 모두 아바타야!